吉野万理子

丹地陽子・絵

短編小学校 5

6年2組なぞめいて

静山社

今回は、池のほとりにある小学校のおはなしです。
この池にはふしぎなひみつがあるようです。六年二組の子たちは、
おかしなこと、みょうなことに出会います。

……あなたは、なぞめいたことが起きたら、
わくわくするタイプですか？
こわくなるタイプですか？

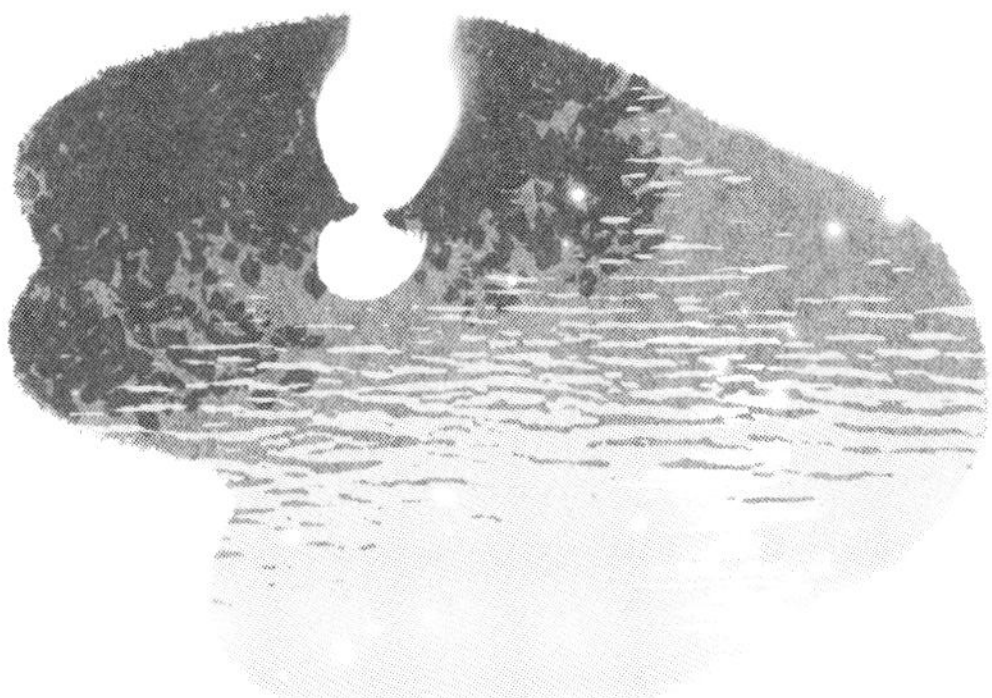

目次

「転校初日」山田文乃《やまだあやの》のはなし

「はー、まいったなぁ」
家を出て坂を下りながら、わたしはバッグの中身を見て、ため息をついた。
今日は転校初日。これから通う雨佐木《うさぎ》小学校は、防災ずきんが必要だ。前の学校では使わなかったので、買うか作るかしないといけなかった。でも、引っ越《こ》しがあわただしくてすっかり忘《わす》れていた。おとといお母さんがネットで注文してくれて、きのう届《とど》いた。
「あんまりはでだと、目立っちゃうから、地味な紺色《こんいろ》とかにしてね」とわたしはお願いして、お母さんはそのとおりにしてくれたんだけど……がらが入っていた！　紺色《こんいろ》に一面、茶色の細い線でカバの顔の絵が入っているではないか。しかも、正面を向いたマンガっぽいタッチで、鼻の穴《あな》がすごく大きく強調されている。

お母さん、これじゃない！　これじゃないよ〜。

転校したことのある子ならわかってくれると思う。ピンチだ。初日から、「カバ子」とか、あだ名がついてしまう可能性がある。

でも、お母さんは「茶色のもようだから目立たないよ。わたしが注文するとき、パソコンの画面で気づかなかったくらいだもの」と取り合ってくれなかった。

せめてお母さんがいっしょに登校してくれたら、文句をいって気をまぎらわせることができたけれど、わたしは今ひとりだ。お父さんもお母さんも会社があって、いそがしいから。

防災ずきんのことさえなければ、別にだいじょうぶ。おととい、担任《たんにん》の雪谷《ゆきたに》先生のところへあいさつに行ったから、学校の場所はわかってるし。雪谷先生は声が少し高めで、やさしそうな女の先生だなぁと安心したたし。でもなぁ……防災ずきんのカバがなぁ……立ち止まりたくなる。

まわりに何人か歩いてる子がいるけど、どの子が六年生か、もちろんわからない。

長い坂を下りると、道は二手に分かれる。右は自動車が行き来する大きな道で、道なりに歩くと小学校に着く。左は細い路地で、その先に大きな池がある。池に沿《そ》って右方向へ遊歩道を歩いていくとやっぱり小学校に着く。

みんなはどっちを選ぶんだろう。見ていると、ほとんどの子が大きな道を選ぶ。ごくわずかな子が細い路地を歩いていく。

なぜだかわからないけど、わたしは細いほうを選びたくなった。

路地を歩くと、正面に雨佐木池《うさぎ》が見えてきた。藻《も》がたくさんしげっているのか、水面は緑色で、水中はほとんど見えない。

さーっ、と風がふいてきて、水面がゆれた。そして、きらっとまぶしく光った。わたしはいっしゅん立ち止まって、手で目をおさえてから、また歩き出した。

気づいたら、まわりにだれもいない。わたしは少し急ぎ足になった。あれ？　遊歩道は舗装《ほそう》されていたはずだけれど。小石がそこここに落ちていて、雑草もたくさん生えていて歩きにくくなった。

でも、方向はわかる。

やがて建物が見えてきた。

「え？　ここでいいんだっけ」

わたしはあたりを見回した。

おとといあいさつに行ったときに入った校舎は鉄筋《てっきん》コンクリートの三階建てだったんだけど……。目の前の学校は木造の平屋建てだ。しかもかべの木の札《ふだ》には「雨佐木小学校」ではなく「雨佐木国民学校」と書かれている。

立ち止まって考えていると、

「早く行かないと」

と、だれかが背中《せなか》をたたいてきた。わたしよりも背《せ》の低い女の子だ。個性的なかみがた。前がみがまゆげの上でぱっつりと切られている。

「わたし、六年なの。今日転校してきたばかりで、山田《やまだ》っていいます」

そういってみると、女の子はうなずいた。

「わたしは、渡部景子《わたなべけいこ》。こちらよ」

「ありがとう」

ついていくことにした。木でできた長いろうかは、歩くとミシミシと鳴る。

「ここが教室よ」

木のゆかがつややかな部屋だった。窓《まど》から雨佐木池が見える。わたしはクラスの女子に囲まれた。みんな前がみがまゆげの上で切りそろえられている。はやっているのかな？

でも、女子たちはわたしのかみのほうが気になるみたい。

「すてきなかみね。長くってきれい。でも、結んだほうがいいと思うよ？」

「え、そうなの？」

きまりがあるのかな。わたしはポケットの中のゴムを取り出して、すばやくかみを後ろでゆわえた。

「そのかばんには何が入っているの？」

「防災ずきん」

わたしは、しぶしぶ取り出した。すると、

「わあ、すてきね」

と、渡部さんがいった。

「目立たないようにがらを入れているのね。わたしもこういう防空ずきんを作ってみたかったわ」

みんながほめてくれる。「カバ子」と呼《よ》ばれる心配はなさそうで、ホッとした。ただ、女子たちが「防災ずきん」じゃなくて、「防空ずきん」といっているのが気になる。

「この学校では防空ずきんっていうの？」

聞いてみると、渡部さんが答えた。

「だって、空襲《くうしゅう》のときに使うものでしょう？　だから防空ずきんよ」

「空襲《くうしゅう》？」

「このあたりは空襲《くうしゅう》はないと思っていた？　たしかに被害《ひがい》は今のところないけれど、これから爆弾《ばくだん》が落ちるかもしれないもの」

「爆弾《ばくだん》が落ちるの？」

「そうよ。兵隊さんが食い止めてくださってるけれど、もうすぐ敵《てき》がやってくる」

「敵《てき》？　そうしたらどうなるの？」

「竹やりでやっつけるのよ。今日の最初の授業は竹やりよ」

別の女子が教えてくれた。

「竹やりっていったいどういう……」

わたしはあたりを見回した。正面の黒板に、日付が書かれていた。

昭和二十年四月七日

うそでしょう？　令和の前の平成の前の……昭和。わたしは後ずさりした。

「ちょっと、先生のところへ」

そういって、教室を出た。

走らない、走らない。そう思いながらも小走りで校舎を出る。窓《まど》からみんながこちらを見ている。ついにわたしは走り出した。

池のわき、元来た道をもどればいいのか、それともこのまま遊歩道を進めばいいのか。

わたし、ずっと昭和二十年にいないといけないの――?

そのとき、また風がふいてきて、水面がぴかりと光った。

まぶしくて目を閉《と》じて、それからまぶたを開けた。

「あっ」

遊歩道が舗装《ほそう》されている。わたしはその道を走った。

「おーい」

甲高《かんだか》い声が聞こえる。手をふっている女の人に、見覚えがあった。

担任《たんにん》の雪谷先生だ!

「せ、先生!」

わたしはもうなきだしそうだ。会うのがまだ二度目だからガマンしたけれど、本当は胸《むね》に飛びこんでだきつきたいところだった。

「よかったー、登校してこないから、もしかしてどっか行ったかと思って、さがしに来たの」

先生はわたしの背中《せなか》に手を回す。ふたりで歩き出した。

どこに行ったか話したい。でも信じてもらえないと思う。時代をさかのぼって、はるか昔の小学校に行ったなんて。転校早々、この子、頭おかしいと思われたくない。

「迷っちゃって。ちがう小学校に行きそうになって」

「あら、もう行ってきたのね」

先生がそう聞いてきたから、わたしは、

「え？」

と、立ち止まった。

「雨佐木池のいたずらにやられたんでしょう」

「いたずら？」

「風がふいて、池が波立つときにね、今とはちがう時代が、水面に映《うつ》ることがあるらしいの。それを見てしまうと、その時代に連れていかれちゃうんですって。心当たりある？」

わたしはうなずいた。

「こわいとこなんですね。ここ」

知っていたら、引っ越《こ》しに反対したな。そう思ったら、先生は、

「でも、『いたずら』だからね。数十分でもどってくるらしいのよね」

「あ」

そういえば自分も、教室に入って少し話して校舎を飛び出して……短い時間だったな。

「実は、先生、ちょっとうらやましいな」

「え？」

「先生は、一度もそれを見たことないし、連れていかれたこともない。みんなから話を聞くだけ」

「ほかにも行った子いるんですか？」

「行った子もいるし、ほかの時代からやってくる子もいるのよ」

「えーっ!?」

「来た子については、先生も会ったことあるわ。わたしの授業を受けた子もいるしね」

「そ、それって大ニュースじゃないですか？」

全国のテレビ局が殺到《さっとう》するんじゃないかと思う。

「前に雑誌《ざっし》記者の人が取材に来たけど、そういう人がいると、雨佐木池も察するのかしら。なぜだか決して、いたずらをしないのよ」

「へえ」

学校の前に着いた。そうだった、この大きな三階建ての建物だ。門のわきには「雨佐木小学校」という石のプレートが、はめこまれている。

先生について職員室によってから、六年二組に向かった。窓《まど》から校庭が見える、明るい教室だった。

休み時間、となりの席の三橋由来奈《みつはしゆきな》ちゃんと話した。雨佐木池のいたずらにあったんだ、といったら、うらやましがられた。

由来奈ちゃん、一度も行ったことがないらしい。

「昭和二十年って、戦争が終わった年なんだよね。そんなところに行くなんてすごいね」

会った子たちの服装《ふくそう》や話したことをいろいろ聞かれた。でも、あっという間にチャイムが鳴ったので、竹やりや防空ずきんの話をするひまはなかった。

そういえば、防災ずきんをいすに敷《し》くの忘《わす》れてた。

算数の授業が始まってしまったけれど、わたしはバッグからそっと取り出した。間のぬけたカバのもよう。昭和二十年の世界で、渡部さんが、「わあ、すてきね」といってくれたことを思い出した。

「大事なこと」

今宮孝見《いまみやたかみ》のはなし

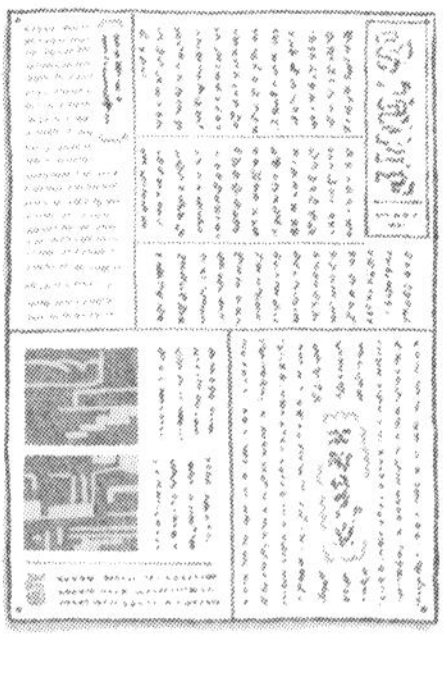

それは学級会が終わる直前のことだった。

「今、大事なことをいいましたからね」

と、雪谷《ゆきたに》先生が重々しい口調でいった。

その直後、チャイムが鳴って、休み時間になった。先生はそのまま教室を出ていった。

大事なこと……聞きのがした。

実はおれ、こっそりちがうことやってたんだよ。放課後、バスケ部の活動がある。今日は顧問《こもん》の御園《みその》先生が職員会議でおくれるので、キャプテンのおれが、前半のメニューを考えなきゃいけないんだ。準備運動のあと、赤組と白組に分かれて練習試合でもすればいいかな、と、グループ分けして、メンバーを紙に書いてたところだった。

だから聞いてなかったんだ。しまった。

おれは、となりの席の千亜希《ちあき》にたずねた。

「あのさ、最後に先生、何いってた？」

するとと、千亜希はつくえの下の引き出しを開けたり閉《し》めたりしながら答えた。

「え、何？」

「先生、『今、大事なことをいいましたからね』って。それ、なんだっけと思って」

「あ、わたしも聞いてなかった。ごめん」

千亜希が手を合わせる。そうだよな、千亜希ってふだんから、いろいろ聞きのがしてて、おれにたずねてくることが多いもんな。

「だいじょうぶ。ほか、当たってみる」

後で、千亜希にも教えてやろう。

今度は、後ろの席の名由香《なゆか》を見た。こいつはけっこうマジメだから聞いているはず、というおれの予想ははずれた。

「ごめん、聞いてなかった。え、最後になんか大事なことといったの？　なんて？」

「それをおれも聞きたいわけなんだけど」

「もうすぐチャイム鳴るなーって時計見てたんだよね。集中してなかった」

こうなったら最後のたのみのつなだ。

うちのクラスでダントツに成績のいい秦俊明《はたとしあき》。高校生になったら数学オリンピックに参加するのが目標なんだって。おれから見ると天才。本名で呼《よ》ぶやつも多いが、おれは「博士」と呼《よ》んでいる。

次は理科室への移動だったので、ノートと教科書とペンケースを持って、博士の席へ行った。

「あのさ、博士」

博士は紙いっぱいに何やら数式を書いていた。算数の勉強なのか、あるいは何かのプログラミングなのかわからない。博士はスマホのアプリ開発を手伝ってるってうわさだ。

「次、教室移動だよ」

「あ、そうだった」

博士はすばやく教科書を出して立ち上がった。

「ノートは持っていかねーの？」

「書き写すの面倒《めんどう》だから、その場で覚える」

ほら、やっぱり天才。

で、「大事なこと」を聞かなきゃ。でもおれが質問する前に、博士が聞いてきた。

「一つ聞きたいことあるんだよ。さっき先生、『大事なことをいいました』っていったろ？あれ、何？」

まさかの、博士からの逆質問。ちょうど、ろうかに出るところだったので、おれはつるつるとしたゆかですべるふりをしてみせた。

「それをまさに聞こうと思ったんだけど」

「マジか。孝見ならちゃんと聞いてたかと思ってさ」

「おれは、博士だったらきっと、って」

おたがいの顔を見ながら、わらってしまった。

「よし、じゃあ推理《すいり》しよう」

ろうかを歩きながら博士がいうので、おれは首をかしげた。

「推理《すいり》？」

「学級会の内容をふりかえって、先生がいった大事なことを想像しよう」

「あーなるほど」

「学級会は、校内の学校新聞コンクールのことだった。先生は、新聞づくりの目的と期限を話した」

博士が手短にまとめてくれた。おれはうなずいた。

学校新聞コンクールは、今回初めて開催《かいさい》される。だから先生がくわしく説明してくれた。

三年生から六年生まで、クラスごとにエントリーして、それぞれ新聞を作る。模造紙《もぞうし》三枚《まい》以内。文字は手書きで、絵も自分たちでかく。写真を使いたい場合は、その元の画像を参考にして絵にする。このあたりは、ちゃんと聞いてたんだ。

おれは博士にいった。

「説明の後、どんな内容の新聞にしたらいいか、クラスで意見をいい合ったよな」

博士がうなずく。

最初は「六年二組のクラス紹介《しょうかい》をしよう」というふつうの意見が出た。とちゅうで「うちのクラスのニュースをベスト10で紹介《しょうかい》しよう」が出て、ぱちぱちとはくしゅが起きた。

そのうちみんな趣味《しゅみ》に走るようになって、「すきなアイドルを投票して、ランキング形式で発表しよう」なんて発言も。「この学校の中で見つかる昆虫《こんちゅう》を全部紹介《しょうかい》しよう」「重曹《じゅうそう》とクエン酸《さん》というそうじアイテムについて使い方をくわしく紹介《しょうかい》しよう」といった意見も出た。

決めるのは来週なので、今日は聞いているだけでいい。おれは、このあたりからバスケのことを考え始めたのだった。

「で、その後、どんな話をした？　おれ聞いてなくて」

博士にたずねた。

「最後は先生、おもしろい新聞を作る三つのコツを話してた」

「え、まったく記憶《きおく》にない」

「一つめが、新聞のテーマの選び方。二つめが構成。文章や写真の配置の仕方」

「へえ」

「最後が……あれ？　なんだったかな」

博士が首をひねりながら続ける。

「このあたりから、記憶《きおく》がもやっとしてるんだよ」

「あ、でも今のでほぼわかったんじゃね？　新聞を作る三つのコツの三つめを聞けばいいんだよ、クラスのやつに」

おれがいうと、博士は、

「よし、同じ班《はん》のやつに聞いてみるよ」

といって、理科室に入っていった。

よし、おれも聞いてみよう。班《はん》ごとに同じテーブルにすわったので聞きやすい。

三つめのコツはすぐわかると思ってた。

でも、なんとだれも聞いてなかったんだ。別のテーブルにいた博士から、紙のメモが回ってきた。「こっち全滅《ぜんめつ》」と書いてあった。博士の班《はん》もわからなかったらしい。

授業は、リトマス紙を使って、水溶液《すいようえき》の性質を調べる、というものだった。雪谷先生は説明をしてから、みんなの実験を見るため、テーブルからテーブルに移っていく。

大事なことをだれも聞いてなかったので、もう一度教えてください。そう伝えたら、先生がっかりするだろうな。ノリがよくて明るい先生なんだけど、落ちこむとなきそうな顔をする。そういう顔は見たくないな。

次の日、おれは博士からいい情報を聞いた。となりの六年一組のクラス担任《たんにん》、長谷川《はせがわ》先生が出張で一日いないそうなのだ。

授業はほかの先生が交代でやるらしい。そして四時間目の学級会は、うちの雪谷先生が受け持つんだって。テーマは学校新聞コンクールの説明だそうだ！

「おれ、きのうの放課後に、一組のやつから聞いたんだ。それで、これを家から持ってきた」

そういって博士は、四角い機械を取り出した。たて十センチ、よこ七センチ、厚みが三センチくらいの黒い立方体だ。ボタンがいくつもついている。

「何それ」

「カセットレコーダーっていうんだ。昭和のころの録音装置《そうち》。とーちゃんが子どものころに使ってたんだって」

「スマホでよくね？」

おれは思わず、そぼくな質問を投げかけてしまった。すると、博士はにやっとわらう。

「学校のきまりにあるだろ？　スマホを持ってきてはいけない、って。でもカセットレコーダーを持ってきてはいけないというきまりはない」

「そりゃ、だれも持ってないからだよ！」

思わずおれはわらってしまった。赤いボタンをおすだけでいいので、意外と使いやすいんだそうだ。

一組の寺門博光《てらかどひろみつ》が録音を引き受けてくれた。

放課後、寺門がうちのクラスに現れた。おれが受け取って博士にわたした。

「先生、三つめはなんだって？」

博士が寺門に聞いた。たしかに今聞けたら、録音を再生する手間が省けるもんな。

すると、寺門は首をかしげた。

「えーっと、一つめが内容のこと、二つめが構成のこと、えーっと三つめ、なんだろ？」

やっぱり！　先生は「大事なこと」に魔法《まほう》をかけて、だれも聞き取れないようにしているんじゃないか？

おれは、博士が再生してくれるのを待った。

カセットレコーダーが動き出した。

先生の声が、実際に耳で聞くよりも、ややくぐもった声でひびく。

「三つめは、新聞のタイトル。すなわちこの題字の部分です。どんなタイトルにしますか？『6年1組新聞』だけじゃ、ちょっと味気ないですよね？『〇〇新聞』というタイトル、そしてそれをどんな文字にデザインするか、題字の部分がとっても大事です」

一呼吸《ひとこきゅう》おいて、先生は続けた。

「今、とても大事なことをいいましたからね」

おれは博士と、それから寺門と顔を見合わせた。

題字と大事。ダイジつながり……。

「ダジャレじゃねーか！」

だから記憶《きおく》になかったんだな。

おれたちクラス全員、無意識のうちに、先生のダジャレを聞かなかったことにしてたってわけ！

「穴《あな》」

川近恭弥《かわちかきょうや》のはなし

「うわ、なんだろ、あれ」

おれは立ち止まって、後ろから来た兄貴《あにき》のほうをふり返った。

「あれってなんだよ？」

兄貴《あにき》はつりざおとバケツを持って、のんびり歩いてくる。

「ほら、あそこ」

前方に大きなアメリカデイゴの木があって、真っ赤な花がさき始めている。

その根元のあたりを、おれは指さした。

穴《あな》がいくつも開いていた。深さは三十センチくらいだろうか。あるいは五十センチ？

掘《ほ》り返された土が、そこらじゅうに散らかっている。

兄貴《あにき》はちらっと見て、

「だれが掘《ほ》ったんだろ。このあたりに埋蔵金《まいぞうきん》のうわさでもあんのかな？」

といいつつ、たいして興味がないみたいだ。穴《あな》をよけながら歩いて、桟橋《さんばし》まで行ってしまった。桟橋《さんばし》といっても、ちゃんとした橋ではなく、ちょっとだけ池の上に張り出した分厚い板とフェンス、って感じだけど。

穴《あな》はいつできたんだろう？

雨佐木池《うさぎ》は、そんなにでかい池ではない。でも、南側と北側では雰囲気《ふんいき》がぜんぜんちがう。

南側には遊歩道があって、散歩できるようになっている。付近は住宅地《じゅうたくち》で、丘《おか》の上に住んでる人たちが通る坂もあるので、けっこう人通りが多い。

一方、池の北側にあたるこのあたりは、人があんまり来ない。池に沿《そ》ってぐるっと回れる土の歩道もあるけれど、土砂《どしゃ》くずれがあったので通行止めになった。それは二年前のこと。でも、いまだに復旧していない。早く直してくれ、っていう人もいないんだろう。

土の歩道はとちゅうで枝分かれして、丘《おか》に続いている。左側に行くと丘《おか》の上の住宅地《じゅうたくち》に上がれる裏道《うらみち》で、右側に行くとハイキングコースだ。

どの道を通っても、光がさえぎられるほどに木々がうっそうとしげっている。

そんなところだから、「子どもたちだけで池のおくのほうには行かないようにね」と、小さいころから親や先生によくいわれてきた。

まあ、そういわれると逆に行きたくなるので、この近くに家がある礼哉《れいや》をさそって、何度かこっそり探検《たんけん》に来たことはある。

でも、今日は堂々と歩ける。というのも、兄貴《あにき》はもうおとなだから。大学生なんだ。日曜の早朝はよくつりに来る。ひとりより、おれといっしょのほうがいいみたいで、よくさそわれるんだ。

目の前のアメリカデイゴはでっかい木で、五メートル以上あると思う。花はさいてるけど、「これが花？」っていうような、葉っぱに近い形をしている上に、赤の色が毒々しい。

根っこの周辺にできた穴《あな》は、全部で五つ。

「あれ？」

おれは気づいた。四つの穴《あな》がならんでいて、一つだけ左のほうにずれている。自分の手を開いて、じっと見てみた。

巨人《きょじん》が、とほうもなく大きな右手を広げて、地面に指をめりこませたら、こういう穴《あな》ができるんじゃないか？

「にげられたー」

と、兄貴《あにき》が桟橋《さんばし》でさわいでいる。

兄貴《あにき》がつろうとしているのはマブナだ。

この池、藻《も》が生えすぎているのか、水面が緑色によどんでいて、どんな魚がいるのか、あまりよくわからない。

ただ、でっかいコイの背中《せなか》が見えることもある。あと、アメリカザリガニがけっこういるみたいで、つっている人を見たことがある。

おれは桟橋《さんばし》の手前から池を見た。このあたりには、水辺に近づきすぎないように木のてすりが作られてるんだ。でも、くさっているみたいで、一部が折れている。その下の地面はぬかるんでいた。スニーカーでそこまで行ったら、よごれそうだ。

おれは穴《あな》を作った正体について考えた。

もしかして、池のヌシが現れたんじゃないか？

どんなすがたをしているんだろう。ネス湖のネッシーみたいな、恐竜《きょうりゅう》っぽいやつを思いうかべた。

雨佐木池にはいろんな言い伝えや伝説がある。

失恋《しつれん》して池に身投げした女性の話もあるし、悪事をはたらいてにげてきた男の人が、どろどろの土に足を取られて、池に引きずりこまれた、なんて話も。

さかのぼれば鎌倉《かまくら》時代に、落ち武者がこのあたりに住んだという伝説も聞いた。戦争のころは、池の水を全部ぬいて、爆弾《ばくだん》の保管場所になっていたという説もある。

「おーい、今日はもうあきらめた。帰るぞ」

いつの間にか、兄貴《あにき》が帰りじたくを終えていた。朝ご飯の時間に間に合わないと、母さんのキゲンが悪くなるんだ。

「うん」

いっしょに歩き出しながら、おれはもう一度、穴《あな》のほうをふり返った。

一週間ずっと気になっていた。

でも次の週末、兄貴《あにき》は用事があって、つりには行かなかった。

だからおれは礼哉《れいや》をさそった。礼哉は正孝《まさたか》と遊ぶ予定だったそうで、結局、ふたりともつき合ってくれることになった。

子どもだけで池の北側に行っちゃいけないんだけど、三人の年齢《ねんれい》を合計したら三十四歳《さい》だから、おとなってことにしとこう。

日曜日の午後、おれは礼哉の家までむかえにいった。

このあたりは古い住宅地《じゅうたくち》で、礼哉《れいや》の家のとなりは、かわら屋根のおやしきだ。外の壁《かべ》が延々《えんえん》と続いている。

礼哉の家のインターフォンをならすと、すぐに本人、そして正孝が出てきた。三人でまっすぐまっすぐ雨佐木池に向かう。

住宅地《じゅうたくち》のはしっこ、つまり池にいちばん近いのは、うちのクラスの三橋由来奈《みつはしゆきな》の家だ。すがたを見かけたらさそおうかなと思ったが、見かけなかった。そのまま三人で池まで行った。

「げ」

おれは、アメリカデイゴの木の前で立ち止まった。

穴《あな》がふえている。前は五つだったのに、倍になっていた。

正確には十一個だ。

背中《せなか》に氷を入れられたみたいに、寒気がした。

「荒《あ》らされてるよな……」

礼哉がつぶやいて正孝がうなずいたそのときだった。

ぐらぐらっと地面がゆれた。

「うわ、やべー、走れ」

おれは思わずさけんで、住宅街《じゅうたくがい》のほうを指さした。礼哉と正孝が走り出す。おれは追いかけた。

走っていると、どのくらいゆれているかわからない。三橋由来奈の家の前まで来て、ようやく立ち止まって息を整えた。もう、ゆれはおさまったみたいだ。

「今の震度《しんど》3くらいだったか？」

「震源《しんげん》はどこだろ」

おれたちは顔を見合わせた。だれもスマホを持っていなかった。

「なんで、走っていったんだよ。思わず走っちゃったけどさ」

礼哉が聞いてくる。

「いや、震源《しんげん》は雨佐木池なのかも、と思って」

「え？」

正孝が目を見開く。

「そしたら、池から津波《つなみ》が起きて、おれたちに降《ふ》りかかってくるかも、と思って」

「まさか」

「いや、おれもまさかって思うけどさ。もしあの池の穴《あな》が、雨佐木池のヌシのしわざだったらって心配で」

いいながら、体がぶるぶるっとふるえてしまう。

「池にはしばらく近づかないほうがいいかもな。おれら、目をつけられたかもしれない」

正孝がいう。

「目をつけられた？　なんで」

おれが聞くと正孝は答えた。

「穴《あな》がヌシのしわざって見ぬいたのは、おれらだけかもしれないだろ」

「たしかに……。そうだよな」

「あ、お母さん」

礼哉が手をふった。自動車が一台、こっちに走ってきて、礼哉の家の車庫に入った。

「買い物してきたの。お昼、焼きそば作ろうと思って。君たちも食べてく？」

礼哉のお母さんの明るい声におれたちは飛びついた。

「はいっ！」

「食べたいです！」

午後は、礼哉の家でゲームをして過ごそう。穴《あな》のことを忘《わす》れるために。

「ネコとしゃべる」

三橋《みつはし》由来奈《ゆきな》のはなし

「ねえねえ、ユッキーナ。タバタくん元気？」

放課後、引き出しのノートや教科書をリュックに移していたら、星井静《ほしいしずか》が話しかけてきた。

タバタくんというのは、うちの五歳《さい》のオスネコ。白黒のブチのがらなので、最初はパンダって名前だったんだけど、バタバタ元気よすぎるからって、「バタバタ」になって、長いから結局タバタになったの。

顔が細いし、目がうらめしそうだし、飼い主以外が見ると、あんまりかわいくないと思うだろうね。でも、静はかわいいっていってくれて、「ユッキーナんちのネコの写真見せてぇ」とよく声をかけてくれる。一度、うちにも見に来たことあるんだよ。

静の家は、お父さんがネコアレルギーなので飼えないらしい。

「タバタ、元気だよ。窓辺《まどべ》で昼寝《ひるね》ばっかりしてるけど」

「わー、そうなんだ。ねえねえ、タバタくんとおしゃべりしてみたくない？」

「タバタとおしゃべり？」

ときどき静って変なことをいう。想像力がありすぎるんだと思う。国語の時間に、雪谷《ゆきたに》先生が「登場人物はこのときどう思ったでしょうか？」って質問すると、静は、よく変な回答をする。うらのうらとか先の先まで考えすぎちゃうみたい。

静はいった。

「実はね、スマホですごいアプリを見つけたの」

「ん？」

「ネコ語を人間語に翻訳《ほんやく》してくれるんだって」

「ああ、そういうのあるよね」

ネコを飼っている人なら、けっこう知っていると思う。そういうアプリが開発されたってこと。

「すき」「会いたい」「さびしい」……鳴き声に合わせて文字が出てくるんだって。

でも、言葉の種類はそんなに多くないみたいだし、その程度の気持ちなら正直いって、ネコを飼っていればだいたいわかるんじゃないかなー、と思ったんだよね。だから、うちの家族はだれもそのアプリを使ったことないの。

あんまり乗り気じゃない態度を見せてしまったけど、静はめげなかった。

「それがね！　新しく出たアプリは、一万語くらい登録されてるんだって」

「え？　一万語？　ほんとに？　それじゃ、ネコとかなりふつうに会話できちゃうの？」

「わたし、ダウンロードしたから、タバタくんとおしゃべりしてみたいんだよね」

それはたしかにおもしろそう。

次の週末っていいたいところだけれど、今日は月曜日だから、週末はずいぶん先になっちゃう。結局、善《ぜん》は急げ（？）ってことで、いったん家にバッグを置いてから、静がうちへ遊びに来ることになった。

「静、タバタはここだよ」

わたしはやってきた静を、居間に案内した。お父さんもお母さんも仕事で出かけている。

タバタは窓《まど》のそばでねそべっていて、わたしをじろっと見た。あいかわらず人相、じゃないネコ相が悪い。

でも、静がスマホを持って近づくと、タバタは起き上がってきちんと前足をそろえてすわった。

静って、もともと目が大きいんだけど、その目を見開いて、タバタに向き合っている。

「タバタくん、こんにちは。ユッキーナの友達の星井静です。これで、タバタくんの言葉がわかるから、よかったらしゃべってね」

タバタはその強い視線《しせん》を軽く流して、後ろ足で耳をカキカキかいて、それからニャア、といった。

『こんにちは』

アプリにそう表示されていて、

「わぁぁっ、あいさつしてもらっちゃった！」

と、まるですきなアイドルに声をかけられたみたいに、静は興奮《こうふん》している。

わたしとしては、会話の最初が「こんにちは」って、あまりにふつうだわー、とアプリの性能にうたがいをいだいた。でも、いちおう、うちの家族共有のタブレットにも、そのアプリをダウンロードしておくことにした。

「本格猫語《ねこご》」っていう名前のアプリ。勝手に入れたら、後でお父さんがおこるかな？

静とタバタの会話はこんな感じ。

「ねえ、タバタくん、元気？」

『まあまあ』

「わたしと会ったの、初めてじゃないって覚えてる？」

『うん』

「すきな言葉は？」

『カツオブシ』

「きらいな言葉は？」

『病院』

へえ！　たしかにけっこうおもしろいな。もっともわたしはうたがい深いので、もしかして全部アプリの創作《そうさく》で、本当はこんなことといってないのかも？　ＡＩが自動生成したものじゃないかな？　とも思った。

静は六時には塾《じゅく》に行かなくてはいけないそうで、

「あー、楽しかった。ありがと。やっぱりアプリはすごいね。タバタくん、またね！」

と立ち上がった。

『ありがと。またね』

ちゃんと返事をしているタバタ。いや、でも、静がいった言葉を再生しているだけだから、そういう機能をあらかじめアプリに入れておけば、それらしい会話ができるんじゃないの？　すきな言葉やきらいな言葉は、どのネコに聞いても同じ答えが返ってくる設定とか？

ひそかにうたがいながら、わたしは静をげんかんまで見送った。そして居間にもどってきた。タバタは、長い足をのばして、自分のかたのあたりをナメナメしている。

わたしもちょっと質問してみよう、とタブレットを開いた。

そのときだった。タバタがぶつぶつ（正確にはニャアニャア）いい始めた。そして、わたしのタブレットが文字を映《うつ》し出した。

『あの子、帰ったよね。あーつかれた』

「え？」

思わず、タブレットとタバタを交互《こうご》に見てしまった。タバタは、上目づかいで目つき悪くこちらを見ながら、またニャァニャと鳴き始めた。

『あの子、いい子だからこっちもかしこまっちゃって。気をつかっちゃった』

え？　え？　本当にうちのタバタがしゃべってるの？

「静にそんな気をつかったの？」

会話ができてるって信じてないけど、でも、流れをくんで話してしまう。

『だって、おれのファンなんだろ？』

「ファンっていうか……まあ」

『クラスでいちばんいい子だよなー』

「え、いちばんって何。クラスのほかの子なんて知らないくせに」

『知ってるさ』

「だれを知ってるの？」

いつの間にか、クラスの子と話すように、ふつうに会話している。

『キョウヤとレイヤ、それからマサタカってやつ』

「え！」

わたしは、目を見開いて、タブレットを見つめた。今までは、アプリがしこんだ「設定」なんじゃないかと、うたがっていた。

でも、絶対にそうじゃない、とわかった。

恭弥《きょうや》と礼哉《れいや》と正孝《まさたか》。三人ともうちのクラスにいるもの！

「なんで知ってるの？」

『こないだ、うちの窓《まど》の下でずーっとしゃべってた』

「何を？」

『アホな話だよ。地震《じしん》があって、おびえて走ってきたんだ。アメリカデイゴの木の下に、穴《あな》がいっぱい開いてるのは、池のヌシのしわざじゃないかって』

わたしはしばらく、まばたきするのを忘《わす》れていた。

だってその話、礼哉からこないだ聞いたばかりだもの。

「なんでアホな話なのよ？」

池のヌシなんていないのかもしれない。でも、ネコにバカにされるのはくやしいもん。

『おれ、犯人わかる』

「え？」

『だれが穴《あな》を掘《ほ》ったのか、知ってる』

「うそでしょ？　家から一歩も出ないのに、何がわかるっていうの？」

たしかにうちの窓《まど》からは、雨佐木《うさぎ》池が見える。タバタはいつも窓辺《まどべ》に転がって、外を見ている。だからって真犯人を……？

『まあ、信じないならいいけど』

ネコのくせにもったいぶってるーっ。

「だれだか、教えてほしいな」

わたしは下手に出た。返事がないので、ブラシを持ってきた。そしてタブレットを見ながら、タバタの背中《せなか》をブラッシングする。これ、タバタが大すきなやつなのだ。

もっとブラシしてもらおうと思って、思いきり体をのばしたタバタはいった。

『地面に穴《あな》を開けた犯人は、イノシシだよ』

「え？　このへんにイノシシなんていないでしょ？」

たしかに池の周辺やおくは、木がうっそうとしげっていて、アライグマやタヌキくらいはいるらしいけど、イノシシがいるなんて聞いたことはない。

『最近引っ越《こ》してきたみたいだね。丘《おか》を越《こ》えてさ』

「え、ええええ〜」

『イノシシは、百合《ゆり》の根っこがすきなんだ。引っ張り出したくて、地面に穴《あな》を掘《ほ》るんだよ』

「そんなことなんでわかるの？」

『こないだの夜、イノシシが二頭、うちのそばを歩いてたから』

「うそでしょ？」

わたしは窓《まど》の外を見た。こんなところをイノシシが？

『このあたりは住宅地《じゅうたくち》で、百合根《ゆりね》がないってわかって、帰っていったみたいだよ』

「ひええ」

明日《あした》、礼哉たちに教えなくっちゃ。

そしてこのアプリ、すごすぎる。お母さんが帰ってきたら教えてあげよう。

「タバタくん、そろそろご飯食べる？」

わたしは、タバタを気軽に呼《よ》び捨《す》てできなくなってしまった。ネコのくせに、なんて思ってごめんなさい。

ネコが人間より知ってることもあるんだね。

「うん、カツオブシたっぷりかけて」

タバタはえらそうに答えた。

「発明したら」

秦《はた》俊明《としあき》のはなし

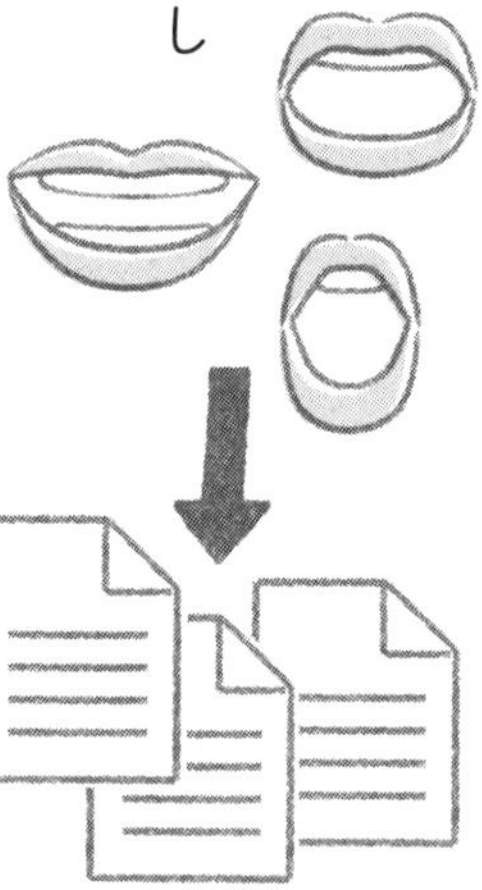

「え、本当に？」

給食の時間、ぼくは後ろの班《はん》の三橋《みつはし》さんが話していることに反応してしまった。お気に入りのホワイトシチューを食べている最中だったけれど、ふり返って聞いた。

三橋さんのお気に入りの「本格猫語《ねこご》」というアプリが、昨夜とつぜん削除《さくじょ》されたのだそうだ。

「アプリが削除《さくじょ》されたってことは、もうサービスを使えなくなったわけ？」

「そうなの。ひどいでしょー。でも、アプリ製作者は悪くないんだよ」

「そうなの？」

「製作者に、いやがらせがいろいろあったみたい」

「いやがらせ？　ユーザーから？」

「そう。ネコの本音がわかっちゃうすごいアプリだから。うちのネコがこんなひどいこというはずないって、おこりだす飼い主が続出したんだって」

「ふーん」

「だったら、自分が見るのをやめればいいだけじゃんね！　作った人に文句いうなんて」

「ねーっ」

と三橋さんにあいづちを打ったのは、星井《ほしい》さんだ。ふたりで、三橋さんのネコにそのアプリをためして、おもしろがっていたらしい。星井さんもふんがいしている。

ぼくは帰宅《きたく》してから、すぐになため向かいの家へ行った。そこにはいとこの信輝《のぶてる》くんが住んでいる。いちおう大学生だが、大学にはあまり通っていない。

信輝くんは、いつも家で何かの開発をしている。プログラミングの知識がすごい。有名なＩＴ企業《きぎょう》の動画サイトの公開を手伝うなど、もうプロとして活躍《かつやく》している。

今は、企業《きぎょう》の手伝いじゃなくて、信輝くん自身が思いついたスマホ向けの新しいアプリを作っている。

だから、ぼくは三橋さんが語った「本格猫語《ねこご》」削除《さくじょ》事件のことを伝えなきゃと思ったのだ。信輝くんがいそがしそうだったので、そばにいた信輝くんのカノジョさんに伝えることにした。

カノジョさんの名前は中林秋菜《なかばやしあきな》さん。同じ大学の人で、耳が不自由だ。ぼくが話すと、くちびるをじっと見る。その動きで話がわかるのだという。

『ありがとう。そのニュース、さっき見た』

秋菜さんからの返事は、たとえ目の前にいてもいつもSNSで届《とど》く。

『善意《ぜんい》で作ったものに、クレームくると悲しいよね。「本格猫語《ねこご》」の人、がっかりしてなければいいんだけど』

「信輝くんも気をつけてほしいな」

ぼくがいうと、秋菜さんはニコッとわらって、また返事を送ってきた。

『そうだね。気をつけなきゃ。もう完成したんだよ。今日が最終テスト』

「え、そうなんだ！」

おどろいていると、信輝くんがパソコンから手をはなして立ち上がり、大きくのびをした。

「たくさんの人の生活が便利になるといいよな」

信輝くんが開発したのは、くちびるを読んで文字にするアプリだ。最近出た新しいスマホのカメラ機能を使う。カメラを人の顔に向けると、声が聞き取れなくても、くちびるの動きがわかれば、何をしゃべっているかわかる。

たとえば遠くにいる人の口の動きは、目では見えづらい。でも、このスマホは望遠レンズ搭載《とうさい》なので、読み取れるというわけ。

講演会やコンサートで秋菜さんが楽になるように、という発想で信輝くんが開発した。

ほかにもこの機能を必要としている人がたくさんいるだろうから、と公開することにしたんだ。

もうけたいわけじゃないから、とアプリは無料にすることにした信輝くん、カッコいいなぁ。

いよいよアプリが公開された！

名前は『読唇《どくしん》メモリー』。

ネットのニュースになるなど、かなり話題になっている。さっそく、「便利です」「ありがとう」という声が届《とど》いた。

秋菜さんは、大学の先生に許可をもらって、授業でアプリを使ってみたという。

『とても楽になったの。今までは、先生のくちびるから目をはなせないから、ノートを取りづらかったんだけど、このアプリがあれば、文字にできるから』

すげえ、と思っていた。

この開発が話題になって、さっそく大手ゲームメーカーが、信輝くんに協力を依頼《いらい》しに来たらしい。

ぼくの伯母《おば》さん（つまり信輝くんのお母さん）は、「このままだと信輝はいそがしすぎて大学を中退《ちゅうたい》しなきゃいけなくなっちゃいそう」となげいている。

ところが数日後……。

アプリの評価欄《らん》に、変なコメントが出始めた。

『このアプリのせいで、車を運転しているときに、対向車ともめごとになった』

『読唇《どくしん》メモリーは危険《きけん》です。知らなくていいことは知らないほうがいい！』

なんだろう、これ。信輝くんの家で、ぼくたちが話し合っていると、デジタル新聞の記者から電話がかかってきた。的場《まとば》さんという、信輝くんの知り合いの記者さんなのだそうだ。

信輝くん、目を見開いて、

「え、そんな使い方されてるんですか？」

と、びっくりしている。そして、

「ちょっとちょっと、ここに手伝ってくれたメンバーいるから、テレビ電話に切りかえていいですか？　もう一度説明してくれます？」

といっている。ここにいるのは、秋菜さんとぼく。自分も「手伝ってくれたメンバー」にくわえてもらったんだ、とうれしい。アプリのバグのチェックをやったのと、あとはコンビニに買い出しに行ったくらいなのだが。

信輝くんは、ささっと操作《そうさ》した。テレビ電話の画面が、大きなモニターに転送されたので、的場さんが大写しになった。黒ぶちめがねがくっきりと印象的な男の人だ。

「ではあらためて説明するとですね。このアプリを使った人たちの間で、交通系《けい》のトラブルが頻発《ひんぱつ》しているようなんですよ」

的場さんはオフィスの会議室にいるみたいだ。白いデスクで、背景《はいけい》の壁《かべ》も白い。

「たとえばきのう起きたケース。駐車場《ちゅうしゃじょう》で車を停《と》めようとした人が、まだ運転の初心者で何度も切り返して時間がかかっちゃったんですよ。それで、待たされた人が、『どんくせぇ、バーカ』ってつぶやいていたのを、初心者の車の助手席にすわっていた人が、アプリで解読しちゃったわけですね」

「うわぁ」

信輝くんが声を上げた。

「それで、車を停《と》めた初心者と助手席の人が、『バーカ』っていった人に、文句をいいにいったわけです。待たせたのは申しわけないけど、『バーカ』はないだろう、って。いわれた側は、まさか相手に伝わると思わないで悪口をこっそりいってたわけだから、『なんだよ。変なアプリを使って、盗《ぬす》み見するな』って、大げんかに」

「思ってた使い方とちがう～」

また信輝くんが悲鳴を上げる。秋菜さんも、ため息をついて首を左右にふっている。

「交差点や、細い路地や、いろんなところで同じようなトラブルがあって。つまり、車を運転しているとき、人はかなり口が悪くなりがちなのですが、このアプリはそれを暴露《ばくろ》しちゃうわけなんですね」

話を聞いて、ぼくも思い当たることがあった。うちのお父さんも、車を運転しているときに悪態をつくタイプなのだ。

「こら、ぼやぼや運転してんじゃねーぞ」とか、「渋滞《じゅうたい》の列にちゃっかり入れてくれとかふざけんな、絶対入れてやらねーよ」とか。

たしかにアプリを使われて、相手に伝わってしまったら、トラブルになりそうだ。

ふーっ、と信輝くんが大きなため息をついた。

「じゃあ、アプリを削除《さくじょ》します」

「え！」

ぼくは秋菜さんと顔を見合わせた。

「アプリがこういう使われ方をするとは想定外だったので」

「わかりました。そしたら、今のコメント、ネットニュースで流していいかな？」

「今から一時間くらいで削除《さくじょ》するので、ニュースを出すのはそれ以降《いこう》にしてください」

信輝くんはテレビ電話をオフにした。そして、秋菜さんにいった。

「やっぱり秋菜専用《せんよう》のアプリになりそうだよ」

秋菜さんがぼくにＳＮＳでメッセージを送ってきた。

『俊《とし》くんのいった通りだったね。「本格猫語《ねこご》」とおんなじようになっちゃった』

ぼくはうなずいた。作った人の思いが伝わらないことってあるんだな。

でも、信輝くんにはこれからも新しいアプリを作ってほしい。ぼくも、また助手をやりたいから。いつか、自分でもアプリを作ってみたいんだ。

「未来のお仕事」

星井静《ほしいしずか》のはなし

わたしは将来《しょうらい》、作家になりたいと思ってます。物語ってどうやって書くのかなぁ。たくさん本を読んでるので、書けそうな気はしてます。でも、実際にノートに向かうと、書き出しの一行目がぜんぜん思いうかばなくて。

一度、作家さんがインターネットで質問を募集《ぼしゅう》しているときに、聞いたんです。物語を書くコツ。そうしたら、とにかく書くことが大事なんだって。毎日少しずつでも書き続ける……うーん、わたし、ムリかなぁ。

今は放課後のそうじの時間。ぼうっと考えごとをしながら、音楽室の窓《まど》をふいていたら、校庭に変なかっこうの女の子がいることに気づきました。

Tシャツとズボンすがたなのに、何が「変」と思わせるのかな？

よく見て気づきました。材質がちがうんですよ。

プラスチックなのかな？　シリコンなのかな？　わたしたちが着ている綿などの服とはまったくちがう材質のものを着てます。半とうめいで、日光があたるとうっすら光る。そんなところもみょうでした。

わたしは音楽室を出ました。

「こら、そうじサボリ！」

と、恭弥《きょうや》におこられたけど、ごめん！　すぐもどるから。

音楽室は一階にあるので、校庭にすぐ行けます。といっても、うわばきでは降《お》りられないので、わたりろうかから手まねきしました。

「ねえ！　よその学校の子？」

女の子はこちらに向かって、うなずきました。体調がよくないのか、顔色がさえないのが気になります。

「池を見てたら、ぴかっと光って、気づいたらここに来たの」

やっぱり雨佐木《うさぎ》池のしわざでしたか。ときどき、うちの学校でもタイムスリップしちゃう子がいるし、過去からだれかがやってくることもあるんです。

でも、この子、過去からじゃない気がする……？

とにかく教えてあげることにしました。

「あの池ね、風がふくと、水面が波立って、写真のアルバムめくるみたいに古い時代のできごとが次々と水面に映《うつ》って、ちょうど池のそばにいた人は、その時代に飛ばされることがあるんだって」

「そうなの？　そんなりくつに合わないことが起きるなんて。センサーが作動しなくてあせっちゃった」

左の人差し指のつめをわたしに見せてきます。こんなところにセンサー？　何が作動するのかな。

「でも一時間か二時間で元の場所にもどれるみたいだよ。どこから来たの？」

わたしは今年の年号と日付を教えてあげました。すると女の子は目を見開いて、

「半世紀前に来ちゃったんだ、わたし」

といいました。そうか、やっぱり未来から来たんですね！　わたしはこの子を「未来《みらい》さん」と心の中で呼《よ》ぶことにしました。

「おーい、何やってんだぁ」

音楽室の窓《まど》から、恭弥が手をふっています。

「今、そうじ中だったの。音楽室なんだけど、いっしょに行かない？」

わたしがさそうと、未来さんはうなずいてくれました。

音楽室にもどると、恭弥と旺介《おうすけ》と名由香《なゆか》が、ほうきやぞうきんをそうじ用具入れに片《かた》づけているところでした。

「ねえ、雨佐木池のいたずらで、未来から来た人だよ」

と、紹介《しょうかい》すると、三人はびっくりして走ってきました。未来さんに次々と質問を投げかけます。

「趣味《しゅみ》は何？」

そう聞いたのは旺介。

「本を読むこと」

「へーっ」

次に質問したのは名由香。

「すきな科目は？」

「国語よ」

わぁ、びっくり。わたしと同じ。

「放課後は何やってる？　塾《じゅく》とか習いごととか」

恭弥がそう聞くと、未来さんは、

「放課後はお仕事してる」

と答えました。

「え、仕事？」

四人の声がそろっちゃいましたよ。わたしは聞いてみました。

「モデルさん？　ドラマの子役？」

小学生の仕事って、そのくらいしか思いうかびません。

すると、未来さんは答えたのでした。

「物語検査官よ」

「え、何それ。聞いたことない。どんな仕事？」

すごくおもしろそうだなー、と思いながらそう聞きました。

「ストーリーボックスが作った物語を、小学生が読むのにふさわしいか、チェックするの。たとえば、よくない言葉づかいを直したり、これ古いな、今はもっと新しいよ、と思ったらそれを直したり」

「ストーリーボックスって何？」

わたしが聞くと、未来さんは、

「ああそうか、この時代はまだそういうものはないのね……」

とつぶやいてから、

「ロボット。物語はロボットが作るの」

と答えました。

え？

「ロボットが物語を作る？　よくわかんない」

「わかった！　ＡＩみたいなもんじゃね？　ほら、今、なんでもＡＩがやっちゃって、文章作るのもＡＩがやれるって話、あるじゃんか」

旺介がいうと、名由香がうなずきます。

「チャットＧＰＴって聞くよね。そういうのが、未来ではストーリーボックスっていうんじゃない？」

未来さんもうなずきました。

「そう。ＡＩってわたしは逆に知らないけど、たぶん、そういうことだと思う」

わたしひとりがよくわかってないみたい。じゃあ、人間が作る物語より、そのストーリー

郵便はがき

料金受取人払郵便

麹町局承認

1109

差出有効期間
2025年5月
31日まで
(切手をはらずに
ご投函ください)

102-8790

206

(受取人)
東京都千代田区九段北
一―十五―十五
瑞鳥ビル五階

静山社 行

住所	〒 都道府県		
フリガナ		年齢	歳
氏名			
		性別	男　女
TEL	(　　　　)		
E-Mail			

静山社ウェブサイト　www.sayzansha.com

愛読者カード

ご購読ありがとうございました。今後の参考とさせていただきますので、ご協力をお願いいいたします。また、新刊案内等をお送りさせていただくことがあります。

【1】本のタイトルをお書きください。

【2】この本を何でお知りになりましたか。

1.新聞広告(　　　　　　新聞)　2.書店で実物を見て
3.図書館・図書室で　4.人にすすめられて　5.インターネット
6.その他(　　　　　　)

【3】お買い求めになった理由をお聞かせください。

1.タイトルにひかれて　2.テーマやジャンルに興味があるので
3.作家・画家のファン　4.カバーデザインが良かったから
5.その他(　　　　　　)

【4】毎号読んでいる新聞・雑誌を教えてください。

【5】最近読んで面白かった本や、これから読んでみたい作家、テーマをお書きください。

【6】本書についてのご意見、ご感想をお聞かせください。

●ご記入のご感想を、広告等、本のPRに使わせていただいてもよろしいですか。
下の□に✓をご記入ください。　□ 実名で可　□ 匿名で可　□ 不可

ご協力ありがとうございました。

ボックスとかいうものの作る物語のほうが多いのかな？　でも未来さんの説明は先に進んでいきます。

「ストーリーボックスは、おもしろい物語を作るし、ひとりひとりの読者の好みに合わせて、カスタマイズもできるんだけど、でも、小学生の子どもにふさわしくないシーンとか言葉とか、たまに入れちゃうでしょ？　だから、小学生の検査官がチェックするの。お給料もらえるし、物語も読めるし、楽しい仕事だよ」

「へえ！」

大きく口を開けた旺介は、壁《かべ》の時計を見てあわてました。

「おれ、野球部の練習があるんだ。行かなくっちゃ」

「あ、わたしも塾《じゅく》」

「おれ、俊明《としあき》と帰る約束してんだ」

三人は、未来さんに手をふって、音楽室を出て行ってしまいました。

「どうする？　わたし、六年二組なんだけど、教室行ってみる？　まだだれかいるかも」

ろうかに出ながらわたしが聞くと、未来さんはきょろきょろしています。

「図書室に行ってみたいな」

「え、いいよ！　わたしも借りたい本があったの」

図書室は二日に一度は行くほど大すきなところ。未来さんが行きたいなんて。

音楽室の前の階段《かいだん》をのぼって二階に行くと、北側にあるのが図書室なんです。

「ねえ、この時代の図書室は、みんな人間が書いた本を置いてるの？」

歩きながら未来さんがささやいてきます。

「そうだよ。ロボットが書いた本なんて、図書室にはないよ」

「はーっ、うらやましい」

未来さんは胸《むね》に手を当てて、いっしゅん目を閉《と》じています。

「え、どうして」

「昔は作家というお仕事があったんでしょ。人間が自分で物語を作れた。でも今は、ほとんどいないの。ストーリーボックスなら十秒で一作こしらえて、それがおもしろいんだもの。人間が書く必要がないの」

「で、でも」

「物語を検査する仕事もおもしろいんだけど、ほんとは自分で書きたいんだよね」

わたし、今まで家族にもクラスの子にも、作家になりたいって話したことはありませんでした。でも、未来さんにはいいたくなったんです。

「わたしもね、作家になりたいんだ。でも、なれる自信ないの」

すると、未来さんは立ち止まってわたしの顔をまっすぐ見ました。

「名前、教えて？」

「え……？　星井静《ほしいしずか》」

「作家になって！　そしたら、わたしも星井静さんの作品、読めるかもしれない。新しい作品はストーリーボックスが全部作るけど、昔、人間が作った物語は残っているから」

「そうか……わかった！　書くね」

がんばらなきゃいけない理由ができちゃいました。

一日少しずつでも書くことが大事、って、以前作家さんもアドバイスをくれたことだし、やってみよう。何も物語を思いつかなかったら、日記でもなんでもいい。ノートをうめてみよう。

だって、わたしたちの時代はまだ人間が物語を書けるんだから。

図書室の前に着きました。

「すごい！　こんな広い部屋のたくさんの本、人間がみんな書いたんだね」

未来さんの目のはしに、なみだがうかんでいるように見えたのは気のせいかな？

わたしと未来さん、いっしょに図書室へ入っていきました。

「窓《まど》から見えたのは」

小松沢新《こまつざわしん》のはなし

バスを降《お》りて、おれは、家に向かってゆっくりと坂道を上がっていった。

ここは丘《おか》の上の住宅地《じゅうたくち》だ。うちは丘《おか》のはしっこにあって、二階からは雨佐木《うさぎ》池や周りの林を見下ろすことができる。

池は藻《も》が多くて、ふだんは水面が緑色だけれど、夕方、太陽がしずむころになると、夕焼けが水面に映《うつ》って、赤くなるんだ。

「具体的に何かを思い出すわけじゃないんだけど、せつなくなるんだよね。昔の思い出がよみがえってくるような」と、お母さんは真っ赤な雨佐木池を見るたびにいう。

おれもわかるような気がする。保育園でお昼寝《ひるね》していたとき、目が覚めて自分がいっしゅんどこにいるかわからなくなった――そんな場面をふと思い出すんだ。

今、目の前にある茶色の壁《かべ》の家を曲がると、次がうちだ。

「ウォオーン、オアイ、イエエーッ」

不意にさけび声が聞こえてくる。電線にとまっているカラスが、そちらのほうに顔を向けるくらい、大きな声だ。

おれの胸《むね》はぎゅっといたくなる。

声の主はだれだか知っている。この茶色の壁《かべ》の家に住んでいるおばあさんだ。名前は磯《いそ》貝《がい》さん。

一年くらい前までは、毎朝会っていた。磯貝さんが、この坂を下りたところの横断歩道で、交通指導《しどう》をしていたからだ。

何年か前に、その交差点で、住民が信号無視《むし》のオートバイにはねられる事故があった。

それ以来、自主的にやってくれるようになった。

黄色い旗を持って、「おはよう」といつも声をかけてくれた。

だけど、半年くらい前、磯貝さんはとつぜん現れなくなった。

最初は、赤信号になりかけているときでも、横断歩道を走ってわたれる、とホッとした。おこる人がいないから。

でも、そのうち気づいた。横断歩道をわたるとき、「おはようございます」と磯貝《いそがい》さんとあいさつするのが、けっこう楽しみだったんだな、ということに。

磯貝さんは、ひとことつけたしてくれた。「新しいセーターなの？ きれいな色ね」とか、「もうすぐ運動会なんでしょう？ 楽しみね」とか。おれは「どうも」「うん」と、そっけない返事しかしなかったけれど、声をかけてもらうのをいつも待ってたんだ。

しばらくしてお母さんが、磯貝さんは脳卒中《のうそっちゅう》という脳《のう》の病気で入院したんだ、と教えてくれた。

一か月ほどして退院《たいいん》したらしいけれど、一度もすがたは見ていない。

「ウォオーン、オアイ、イエエーッ」

その声だけが、ときどき聞こえる。磯貝《いそがい》さんは、どうしてあんなふうにさけんでいるんだろう。

その日の夕ご飯のとき、おれはお母さんに聞いてみた。

もしかして磯貝さんは、いたい思いをしていたり、つらい目にあったりしているのではないか、と心配になったのだ。

最近、磯貝さんの家には、目つきの悪いおじさんがときどき出入りしているのを見かけるから。

すると、お母さんは、

「その人は、磯貝さんの息子《むすこ》さんで、介護《かいご》しているのよ」

と、教えてくれた。

「ふうん……」

「その方がおっしゃってたよ。母が感情失禁でごめいわくをおかけしてますって」

「感情失禁?」

「あのさけび声のこと」

「そうなんだ……」

むずかしい言葉だな、と思った。

「失禁って、おもらしするってこと。感情が流れ出てしまうのね。自分の意思に反して」

「感情が流れ出る……」

「磯貝さんね、脳卒中《のうそっちゅう》という病気で入院して、それが血管性認知症《にんちしょう》という新しい病気を引き起こしてるんですって。血管性認知症《にんちしょう》だと、感情がうまくコントロールできなくて、ああいうふうになることがあるそうよ」

「感情がうまくコントロールできないってことは、悲しい、つらい、っていう感情自体はあるんだよね？　その息子《むすこ》が、いやな思いをさせてることはないの」

おれはまだ、そのおじさんのことをうたがっていた。

「そうは思えないけどね。本当は今年、米寿《べいじゅ》のお祝いをするはずだったんですって。息子《むすこ》さん、しょんぼりされてたわ」

「べいじゅ？」

「八十八歳《さい》のお祝いのこと」

そうか、磯貝さんは八十八歳《さい》だったのか。おれはスマホで調べた。

「磯貝さんって、戦争のころに生まれてたんだね」

いいながらもよくわからなかった。戦争ってずいぶん昔のことで、どんな時代だったか想像つかない。さらに磯貝さんが子どもだったころも想像つかない。


次の日、学校から帰ってきたら、磯貝さんの家の前を、おじさんがほうきではいていた。じろっとこちらを見る。やっぱり目つきが悪い。かみの毛はしらがと黒いかみが半分ずつくらい。おなかは、でっぷりとしている、まではいかないけれど、かなり肉がたるんでいる。

「こんにちは」

あいさつすると、おじさんは、

「ああ、小松沢《こまつざわ》さんとこの新《しん》くんか」

と、いきなりフルネームで呼《よ》んできたので、びっくりした。

「なんで名前を？」

「君のお母さんに聞いたんだ。いちおう会社員だから。社会人は人の名前を覚えるのも仕事のうちなんだよ」

びっくり。おれは、人の名前を覚えるのが苦手。おじさんが今、自己紹介《じこしょうかい》してくれても、たぶん名字しか覚えられなくて、名前は忘《わす》れてしまう。

「あの、感情失禁」

「ああ、母の？　うるさくてごめんね」

「今は聞こえないけど」

「晴れた日の夕方だけ、さけぶんだ。わたしの研究の結果」

「おじさん、そんな研究してるんだ」

「この家にパソコン持ちこんで、会社の仕事をリモートワークでやってるんだ。夕方、感情失禁が起きると、オンラインで会議に参加するのもむずかしくなるからね。法則を研究してたんだよ。あ、今はちょっと気分転換《てんかん》で外に出たところだったんだ。会社にはないしょにしてくれよ？」

おじさんがわらったので、おれもつられてわらった。そしてさっき聞いた言葉をくりかえした。

「感情失禁は晴れた日の夕方だけ」

おれは空を見上げた。今日は晴れている。そして、そろそろ夕方だ。

「あの、磯貝さんに会いに行ったらダメですか？」

「え？」

「交通安全のおばさんだったんです。五年生までずっと毎朝あいさつしてたから」

「そうか。会ってくれるなら喜ぶと思う」

おれは、おじさんに案内されて、磯貝さんの家へ初めて入った。

「居間にいるんだよ」

ガラス張りの大きな窓《まど》のすぐそばに、磯貝さんのベッドがあった。介護《かいご》ベッドというものので、磯貝さんは上半身を起こしてすわっていた。

「こんにちは」

おれがあいさつすると、磯貝さんは、

「おはよう」

と、返事をした。交通指導をしていたころと同じ声だけれど、おれのことは覚えていないみたいだ。

おじさんが話す。

「母はね、戦争のとき、大空襲《くうしゅう》にあって母と姉を失って、とても苦労してきたんだよ。だから、心安らかに過ごしてもらいたくてね。それなのにあの声……わたしも聞いていてつらいんだよ」

磯貝さんは聞いていないみたいで、ぼうっと窓《まど》の外を見ている。今日は風がなくて、雨佐木池の水面が、空と同じようにオレンジ色から赤に変わりかけている。

とつぜん、磯貝さんがさけんだ。

「ウォォーン、オアイ、イエエーッ」

近くで聞くと、こんなに大きな声だったのか。のどが破れるのではないか、というほどの絶叫《ぜっきょう》だ。

ふたたび、声がひびいた。

「ウォォーン、オアイ、イエエーッ」

あれ？　おれは気づいた。

さけぶときって、いろんな言葉を発するのがふつうだと思う。アーとかワーとか。でも磯貝さんのさけびは、いつも同じだ。ウォォーン、オアイ、イエエーッ。

ということは、これは、ただ さけんでいるのではなくて、何か言葉を発しているのではないだろうか。

おれは目を閉《と》じて、今聞いたさけびを頭のなかで再現した。ウォォーンはおびえたさけび声として……オアイは「こわい」じゃないかな？　そしてイエエは、イ、エ、エ！　と一文字ずつはっきり聞こえる。もしかして……。

「こわい、にげて、っていってるの？　磯貝さん」

ぴく、と磯貝さんのまゆが動いた。目がゆっくりこちらを向く。視線《しせん》が合った。

「コアイ、ニエテ！」

やっぱりそうだ。

磯貝さんはふたたび窓《まど》の外を見ている。おれも同じ方角を見た。

いつの間にか空が真っ赤だ。そして空を映《うつ》し出している雨佐木池も真っ赤だ。

「おじさん！　大空襲《くうしゅう》って、空が真っ赤だった？」

おれがそう聞くと、おじさんはハッと目を見開いた。

「夜だったけど、あたり一面燃えて真っ赤になったと聞いたことがある」

「空と雨佐木池が、それを思い出させてるんじゃないかな？」

「そうかも！」

磯貝さんは、亡《な》くなったお母さんとお姉さんにさけんでいるんじゃないかな。

こわい、にげて、と。

「カーテンを閉《し》めるよ、お母さん」

おじさんが外の景色を見えないようにした。すると磯貝さんは、目を閉《と》じて、うつらうつらし始めた。

おれをげんかんまで送りだしながら、おじさんはいった。

「丘《おか》の上から、広く景色を見わたせたほうがいいだろうと思って、窓《まど》ぎわにベッドを置いてたんだ。これから夕方は、早めにカーテンを閉《し》めるよ」

おれはうなずいた。

「本当にありがとう。感情失禁の理由を探《さぐ》ろうなんて、わたしは考えてもみなかったから」

ぺこっとあいさつだけして、おれは家を出た。

また遊びに行こうと思った。毎朝、交差点でおれに話しかけてくれたように、今度はおれが話しかけるんだ。

「最強屋」　隆島旺介《りゅうじまおうすけ》のはなし

「今晩《こんばん》はね、サイキョウ焼きにしようと思うの」

朝ご飯のとき、お母さんがお父さんに相談していた。

おれは話に割《わ》りこんだ。

「サイキョウ焼きって何？」

食べるの大すきだから、興味があるんだ。お母さんは、

「東西南北の『西』に京都の『京』って書いて西京焼き。白みそでつけたお魚で、焼いて食べるのよ」

と教えてくれた。ふーん、おれは正直、魚より肉のほうがすきだけどな。まあいいや。

「商店街に『西京屋』っていう専門店《せんもんてん》がオープンしたんだって。今日、仕事帰りによって、買ってみる」

お母さんは、商店街の本屋さんでアルバイトをしているんだよ。

「へえ、西京焼きの専門店《せんもんてん》なんて、めずらしいなあ」

お父さんの声がはずんでいる。

「ね、気になるでしょ？　行ってみなくっちゃ」

なるほど、お父さんも食べたがってるなら、きっとうまいんだろうな。

だから、楽しみにしながら学校に行って、放課後、野球の練習をやって、

「西京焼～き、西京焼きっ」

と歌いながら帰ってきた。

お母さんはもう台所にいた。

「ただいま。西京焼き買えた？」

そう聞くと、お母さんは首を左右にふった。

「ダメ。今夜はハンバーグ」

やった！　ハンバーグのほうがいいや、と心のなかで思いながら聞いてみる。

「なんでダメだったの？　売り切れ？」

すると、お母さんは、

「字がちがったの」

と、メモ用紙を引きよせて、「最強屋」と書いた。

「サイキョウちがいだったわ」

「ええっ、最強屋なんてすげえ強そうな名前。何売ってんの？」

「知らなーい。店の入口で回れ右しちゃったもの。でも、うさんくさい感じだったよ。世界で一番の商品を集めてます、って」

「ふうん」

おもしろそう。明日《あした》は祝日で学校は休みだから、野球チームの練習に行く前、よってみようかな。

次の日、練習は昼の二時からだったので、一時すぎに家を出て、商店街によった。

「おおー、ほんとだ、最強屋」

表の看板《かんばん》がカラフルだ。こいブルーの看板《かんばん》で、「最強屋」の文字は黄色。そして、色とりどりのシャボン玉のイラストが、文字の周りでおどっている。

のぞくと小ぎれいな駄菓子《だがし》屋さんって感じで、あやしげには見えなかったので、おれは店に入った。

入口にいるのは、背中《せなか》の曲がったおじいさんだ。レジの内側にいすがあって、そこにすわっている。

どうせお値段《ねだん》も最強で高いんだろ？　と思ったら、意外とそうでもなかった。ただのぞくだけのつもりだったけど、買えるものあるじゃないか！　おれは千円札を持っている。何かトラブルがあってタクシーで帰らなくてはいけないときのために、バッグの底にお母さんが入れてくれてるのだ。これからもずっとトラブルにあわなければ、使ったことはバレないのだ。おれ天才。

せっかくなら食べものを買っとくか。常温の品がならんでいて、店のつきあたりの冷凍《れいとう》庫《こ》の中にアイスもある。そこらのアイスではない「最強のアイス」なんだそうだ。ただし、どのあたりがふつうとちがうのか、細かい説明は見当たらない。

うーん、迷うな。

おれは二つのたなの間を行ったり来たりした。ひとつはおかしコーナー。あめ玉やチョコなら、試合の合間にぱくっと栄養補給《ほきゅう》できそうだから。もうひとつは文房具《ぶんぼうぐ》コーナー。えんぴつやボールペンも、ふつうのものよりは高いけれど、千円くらいの商品が多い。「最強」にしてはお手軽?

おれはレジまで行って聞いてみることにした。

「あの、すみません。最強のエンピツってなんですか?」

「うん、まあ」

おじいさんは、しゃがれ声でいう。続きがあるかと思って待っていたら、会話は終わってしまった。うん、まあ、じゃわからないよ〜。

「最強に書きやすいとか、使っても使ってもへらないから最強とか、いろいろあると思うんだけど」

「買えばわかる」

あ、いや、そうなんだけどねーっ。

あめ玉やチョコレートについても聞きたかったけど、この調子じゃ教えてもらえそうにないな。

おれは、思い切って、七九八円のあめ玉ひとつぶを買ってみることにした。口をしっかり開かないと入らないくらいの、大きなあめ玉。とうめいなふくろの中に入ってる。

おじさんに千円わたしておつりを二〇二円もらって、店を出た。そのしゅんかんは、やったぜおれ！　と、あめ玉をぎゅっと右手でにぎりしめたんだ。

でも、ふり返って「最強屋」の看板《かんばん》を見たら、お母さんの声を思い出しちゃった。うさんくさい、っていってたよな。おれがあめ玉買ったのバレたら、バカだねーっ、と思われるだろうな。

たしかに七九八円ってさ！　ファミレスででかいパフェが食えるよ？　おれが、お父さんに「連れてって」とよくたのむ牛丼屋《ぎゅうどん》は、四九八円でメシ食えちゃうよ？

つーか、ふつうのあめ玉のパックを、いったいいくつ買える？　コンビニで五十個くらいふつうのあめ玉買ったほうがお得じゃね？

電線の上からカラスが見下ろしている。こいつアホーって思われてる気がして、おれは、ヤケクソになって、あめ玉の入っているふくろを開けた。

最強にうまいことを願って。

最強に長い時間味わえることを願って。

たったひとつぶをパクッ。口に放りこんだ。

「ほぉぉぉー」

思わず声が出た。なんだろう、こくてあまいミルクティーを飲んでいるみたいだ。うまい。

グラウンドに着くと、もうみんなキャッチボールを始めていた。しまった。練習時間におくれちゃった。

あめ玉なめながら練習するって初めてだけど、テンション上がるなー。ナイショナイショ、バレないようにしなくっちゃ。

そう思ってたのに、思わず、

「んあ」

と声を出してしまった。おれとキャッチボールをしようとやってきた五年生の滋賀《しが》っちが、

「どうしたんですかー」

と、聞いてくる。

いや、ミルクティーのあめ、とつぜん味がブルーベリーに変わったんだよ。あまくてちょっぴり酸味もあって、めちゃめちゃうまいんだよ！

なんていえないから、しかめっつらして、

「いや、別に」

とだけ小声でいったよ。小声なのは、大声出すとあめ玉が口から落っこちそうだからだよ。

キャッチボール。いつもより強い球を投げられた気がする。

次は守備練習だ。おれはショートなので、内野のノックに参加した。思いきり横っ飛びでジャンプ。うまくキャッチできたぜ。

その後はバッティング練習。すぶりをやっているとき、おれは、うぉ、と声を上げそうになった。

また味が変わった！　今度はキャラメルだ。ねっとりと口の中で、香《こう》ばしさとあまさが広がる。

あめ玉がキャラメルに変わるなんてことある？　あ、でもキャラメルってどんどんとけて小さくなるよな。これが最後なんだろうな。

野球の前に食わなきゃよかったな。もっと集中して味わいたかったよ。

バッティング練習の後、紅白《こうはく》戦をやることになった。おれは白組の四番だ。初回はまず紅組《あかぐみ》の攻撃《こうげき》なので、おれはグローブを持って守備についた。

そのとき、おれは目を見開いた。

キャラメルが……ガムに変わった！　レモンスカッシュ味かな、これは！　かむたびに、じゅわっと酸味とあまさが来る。ガムの中にぷちぷちとしたつぶがまじってるみたい。それをかむたび、炭酸飲料を飲んでるような感覚も味わえるんだ。

うぉ、これ、まじサイコー。しかもガムだったらなくならないんじゃないかな？　この試合中ずっと、いや家に帰るまでかみ続けられるぞ。

帰り道、ほかのやつらにも教えてやってもいいな。そしたら、みんな「おれも最強屋によってく！」って大さわぎになるかもな。

思わずにやにやしてたら、ボールが飛んできた。うわ、くそ！　最初の一歩がおくれたせいで、ぬかれてしまったー。

立ち上がって、ガムをかむ。フレッシュなレモンの香りがまた口に広がって、よし、おれもフレッシュに気持ちを切りかえるぜ！　って思えた。

そのときだった。

監督《かんとく》がどなった。

「おーい！　こらショート！　隆島《りゅうじま》！」

「は、はい？」

ボールを取れなかったことで、「ぼやぼやすんな」っておこられるのかな。グラブを持つ左手を、右手でぽんぽんたたいて、気合を入れてみせたら、

「ガムを出せ！」

と、監督《かんとく》がおこっている。

「大リーグじゃないんだから、試合中にガムかむなよ！」

アメリカの大リーグだけじゃないよ。日本のプロ野球選手だってガムかみますよ、なんて反論《はんろん》してる場合じゃない。

このガムは……このガムだけは捨《す》てたくないんですーっ。でも試合中に、そんなことを

弁解しているヒマはない。

おれはベンチに走った。自分のバッグからティッシュを取り出す。そして、そこにガムをペッと出した。

「ここ、ごみ箱あるよー」

コーチがいう。さっきいっしょにキャッチボールをした滋賀っちのとーちゃんだ。

いやこれ捨《す》てないでおれ後でまた口に入れたいんです、なんてさすがにいえなかった。

七九八円……となごりおしく見つめながら、ガムをごみ箱に捨《す》てて、

「すみませんでしたーっ」

と、さけびながらグラウンドにもどった。

試合が再開された。

口のなかに、まだレモンの味が残っていて、それを舌《した》で味わった。

最強屋……おれは元を取れたのか、取れなかったのか⁉

「らくがき」渡《わた》瀬《せ》名《な》由《ゆ》香《か》のはなし

今日の給食の時間はもりあがりました。うちの班《はん》の旺介《おうすけ》くんが「最強屋」という店で買ったあめ玉の話をしてくれたんです。

「よくあんなあやしい雰囲気《ふんいき》の店に行くよねーっ」

「八百円近くもするあめ玉買うとか、旺介の勇気にびっくり」

「え、その店、ぜんぜん知らないんだけど」

となりの班《はん》の人たちまで会話にくわわって、にぎやかに話しました。

家に帰るとき、商店街を通るので、「最強屋」がオープンしたのは知ってたんです。でも、そこってしょっちゅう店が入れかわるところでした。前は雑貨屋さんで、その前はナッツ専門店《せんもんてん》。だから今度の店もまたすぐ変わるんだろうなー、と思いながら通り過ぎていたのでした。

その日の下校時、わたしは店を見に行ってみました。

学校帰りの寄り道は、保護者の許可がないと、本来は禁止なんです。でも、例外的に文《ぶん》房具《ぼうぐ》を買うのは認《みと》められています。

旺介くんが、「最強屋」には文房具《ぶんぼうぐ》があった、と教えてくれました。だから、もし先生やだれかに見つかったら、「文房具《ぶんぼうぐ》を買おうと思った」といいわけしようかなと思って。

商店街のお店は全部で百店くらいはあるんでしょうか。もうすぐ夏祭りなので、のぼりがあちこちに立っています。

イタリアンレストラン、和菓子《わがし》屋さん、アイスクリーム屋さん、めがね屋さんがならんでいて、その先の店が「最強屋」でした。

古くからある店は、看板《かんばん》の文字がうすれかけていたり傷《きず》がついたりしています。それにくらべると、「最強屋」の看板《かんばん》は、元気いっぱい！　できたて！　という感じです。

店内には、いすにすわったおじいさん、そして商品を見て回っている高校生の男子がいます。

あ、よかった、と思いました。ひとりだとやっぱり入りづらいので。

店に入って、右おくが文房具《ぶんぼうぐ》コーナーでした。「最強のボールペン」「最強のエンピツ」「最強のものさし」「最強の電卓《でんたく》」……どれも見た目はふつう。どこが最強なんだろう、といちいち説明を聞きたくなってしまいます。でも、そういう解説文はないんです。商品名と値段《ねだん》だけ。

「最強の分度器」ってなんだろうなー、と、わらっちゃいそうになります。分度器って度数を測る以外に、何かもっと最強な使い道があるんでしょうか？

買う気はなくて、ただ明日《あした》、学校で友達に報告するだけのつもりだったんですけど、ふと立ち止まりました。

最強の消しゴム。

これ、気になります。予想がつくからです。きっと、すごくよく消えるんですよね？

エンピツ以外のものも？　値段《ねだん》は六九八円。

冷静に考えたら、高い消しゴムです。ほかの文房具店《ぶんぼうぐ》だったら、消しゴムが何個買えるかな？

でも、お得だ！　という気がしてしまうのは、きっと旺介くんのおかげ（せい）です。七九八円であめ玉一個食べて終わり、よりも、消しゴムのほうが何度も使えるからずっとお得、と思ってしまいます。

「あのこれ、何が消せるんですか」

すわっているおじいさんに聞いてみました。

「買えばわかる」

そういわれると思ってた……逆に覚悟《かくご》が決まりました。買おう。買えばわかるんだから。すぐに買って帰りたかったけれど、そういえばわたし、お金を持っていません。いったん家に帰る間に、気持ちが冷めるんじゃないかな？　と思ったけれど、むしろわたしは消しゴムが気になって気になって……家の貯金箱からおこづかいを出して、また店に走ってもどったのでした。

次の日。わたしはセロファンで包装《ほうそう》されたままの消しゴムを、こっそり学校へ持っていきました。

「最強屋」に行った話は、だれにもしませんでした。「何を買ったの？」と聞かれるところからです。「最強の消しゴム」を何に使うつもりなのか、それは人に知られたくないのでした。

放課後、みんながどんどん帰っていきます。わたしは図書室でしばらく本を読んでから、もどってきました。

教室にはあとふたりしかいません。ひとりは塾《じゅく》の問題集を開いていて、もうひとりはこの教室にある児童文庫を読んでいます。

後ろのロッカーのそばにいるわたしのほうを、気にしている人はいません。

よし、今がチャンス。

わたしはまず自分のロッカーの前に立ちました。窓側《まどがわ》から、あいうえお順になっているので、「わ」行のわたしはろうか側です。ロッカーのすぐ左には、そうじ用具入れがあります。ほうきやちりとり、ぞうきん、バケツなどが置かれているところで、わたしの背《せ》の高さを超《こ》える大きなボックスです。

そのとびらを開けると、下のほうに、ハートマークがあって、わたしの名前と小松沢新《こまつざわしん》くんの名前が書かれているのでした。

油性ペンなんです。前にこっそりぬれたティッシュでふこうとしたら、まったく消えなかったので、油性なんだと気づきました。

だれが書いたんでしょう。わたしはクラスのいろんな人のこと、考えちゃいました。そんないたずら書き、無視《むし》しておいたらいいじゃない、といわれそうですよね。わたしも、ほかの男子の名前だったら放っておきます。でも、これはそういうわけにはいきません。

事実だからです。

あ、わたしと小松沢くんがハートマークというのが事実なのではなく……わたしが小松沢くんのことを気になってるのが、本当で。

仲良しの由来奈《ゆきな》にも話したことないのに、どうしてバレちゃったの……。考えていると頭がいたくなってきます。

だって、これを書いた人は、わたしの気持ちに気づいて、おもしろがっていたずら書きしたということですもん。

だれの字かはわからないんです。少し右にかたむいた、角ばった文字。こういうの書く子、わたしの友達にはいません。

小松沢くんとは、席がはなれているのもあって、ほとんどしゃべることがないんです。

わたし、遠くから見てるだけ。

カレは、とっても物静かな人なんです。

五月に自由作文を書いたときに、カレが家から見える雨佐木池《うさぎ》の美しさについて表現していて、詩人みたいだなと思ったのが始まりです。

旺介くんがおもしろいことをやると、意外とツッコミを入れたりして明るい部分もあるし。気になるなーと思っているうち、今は毎日、目で追ってしまうようになりました。

でもナイショ。

今度、修学旅行では、気になる人を告白しあおう、と提案している女子がいましたが、わたしは参加する気はありません。

消しゴムを取り出しました。最強の消しゴムは、油性ペンでも消せるんでしょうか。いや、油性ペンくらい消せないようでは、最強を名乗ってほしくありません。

セロファンを外して、わたしはその文字を消しゴムでこすってみました。

あっ、ちゃんと消えた。

さすがです。

わたしは一気に、ふたりの名前とハートマークを消し切りました。

よかった。そう思うと同時に、ちょっとさびしい気もします。わたしとカレの縁《えん》が、完全に切れてしまった気がして。

次の日の放課後、わたしはまた図書室に行きました。今度は時間をつぶすためではなくて、本当に本を借りたくて。じっくり選んでからもどってきて、わたしは心臓《しんぞう》がぴょんとはねた気がして、手で胸《むね》をおさえました。

そうじ用具入れの前に、小松沢くんがいるんです。視線《しせん》は下のほうに向いています。え、どういうこと？　あのらくがきがあったのを、知っていた？　とつぜん消えておどろいてる？

一歩ふみだしたら、うわばきがトンと音を立ててしまって、小松沢くんが顔を上げて、こちらを見ます。

どうしよう。なんでもないふりしてバッグを持って帰る？　それとも、何してるのーって近づくべき？

迷っている間、わたしは立ちつくしていました。すると、小松沢くんが口を開きました。

「消したの、君？」

「え……」

こくん、とうなずくしかありません。

「そっか。さびしいな」

「え!?」

何か聞きちがいをしたかもしれないので、小松沢くんに少しずつ近づきました。一歩ずつ、一歩ずつ。

「おれが書いたわけじゃないんだけど。だれが書いたか知らないんだけど。ちょっとうれしくてさ」

うれしい？　ほんとに？　聞きちがいじゃなくて？　とさわぎ回りたいけれど、もちろんそんなことはしません。それより、わたしはどう答えよう？

「あの、いやだったわけじゃなくて、その……自分の心を読まれた気がして……消さなきゃ、って」

「心を読まれた……そうなんだ」

小松沢くんの顔がぱっと明るくなります。

「それにしてもさ、油性ペンだったよね。どうやって消したの」

わたしは自分の席にもどりました。バッグに手を入れて、取り出します。

「これ、最強の消しゴムなの」

そうじ用具入れの、らくがきがあった場所を、消しゴムでこすりました。

「最強屋っていう店で買ったの。これ。ほんとよく消えるの。え？」

わたしは消しゴムを動かすのをやめました。

消えたはずのハートマークが、元通りうかび上がってきたんです。黒の油性ペンで書かれたとおりに。

「何これ？　手品？」

小松沢くんはぼう然としています。

消しゴムでこすり続けました。わたしの名前が、続いて小松沢くんの名前が出てきました。

「すごい……最強ってこういうことだったの」

消したいものを消せて、同じ場所をこすれば、元にもどすこともできる——たしかに最強の消しゴムです！

「これ、このままにしておいちゃダメ？」

小松沢くんが聞いてきます。

「このままにしておこう」

わたしは答えました。

告白されたわけではないし、つきあうことになったわけではありません。でも、わたしは、小松沢くんと気持ちが通じ合ったな、と思ったのでした。

もしかして、ここまでが全部、最強の消しゴムのねらい通りだったのかな？　六九八円でわたしが買ったものは、とてつもなくすごいものだったのかな？

「回覧板《かいらんばん》」

長久礼哉《ながひされいや》のはなし

夕方、町内会長の古河《こが》さんから電話がかかってきた。

「あ、礼哉《れいや》くん？　最近、回覧板《かいらんばん》、見なかった？」

うちの町内会では、二週間に一回、回覧板《かいらんばん》が回ってくる。町の情報や注意事項《じこう》が書かれてるんだ。ハンコをおして、次の家に回す。

「見てないです」

うちはお父さんもお母さんも働いているので、学校から帰ってくると、ぼくがポストの中の回覧板《かいらんばん》を見つける。そして夜、お母さんが中身を読んでから、回すんだ。

そういえば最近は来ていなかった。

「やっぱり。日岡《ひおか》さんのとこで止まってるみたい。ご旅行かしらね」

古河さんに聞かれて、ぼくは首をかしげた。日岡さんはうちのとなりの大きな家に住んでいる。きのう、ごみを入れたポリバケツが、げんかんの外に置かれてたけどな。

お母さんが仕事から帰ってきたので、その話をした。じゃあ、いっしょに日岡さんの家へ確認《かくにん》しに行って、回覧板《かいらんばん》ももらってきましょう、ということになって、さっそくでかけた。

おとなりさんといっても、日岡さんの家の門は遠い。とっても広い家なのだ。戦前からあるそうで、敷地《しきち》のなかに建物が二つ、さらに蔵《くら》まであるんだ。

しばらく空き家になってたけれど、二年くらい前に、日岡さんが引っ越《こ》してきた。この家の持ち主の親せきだそうだ。だんなさんが亡《な》くなって一人《ひとり》暮《ぐ》らしになったから、都会にいるより地元にもどってきたほうがいい、と決めたんだって。

インターフォンをおすと、ワンワンワンと犬が鳴きだした。庭じゃなくて、室内にいるみたいで、すがたは見えない。

「日岡さん、犬を飼い始めたんだね」

「そうね。前はいなかったよね」

お母さんといい合っていると、インターフォンから日岡さんの声が聞こえてきた。

「あ、長久《ながひさ》さん？　門もげんかんもカギはかけてないから、どうぞ入って。実は足をくじいちゃってね」

「え、大変だ」

ぼくとお母さんは、あわてて門を開けて、それから、小石のしきつめられた小道を通って、げんかんに行った。がらがらと横に開く引き戸を開ける。

犬は室内で放し飼いにされていた。走ってきて、ワワワワとほえた。別にこわくはない。小さいプードルだから。茶色の毛がふわっとしていてかわいい。

その犬がトコトコ歩き出したので、ついていった。リビングに行ったら、日岡のおばさんがソファにすわっていた。足には湿布《しっぷ》をはっている。

「ありがとね、来てもらっちゃって」

ぺこっとおじぎをするおばさんに、お母さんが聞いた。

「日岡さん、犬を飼われたんですね」

「ええ、そうなの。先週、ブリーダーさんのところから来たばっかりなのよ。名前はリリーちゃんっていうの」

会話を聞きながら、ぼくはテーブルのほうを見て、ハッと気づいた。

「回覧板《かいらんばん》だっ」

ガラスのテーブルの上に、回覧板《かいらんばん》が置かれていたのだ。ぼくが指さすと、おばさんは苦わらいをうかべた。

「そうなのよー。この回覧板《かいらんばん》のせいで、ねんざしたの」

「え？　どういうこと？」

ぼくはお母さんと顔を見合わせた。

おばさんの話によると——。

三日前のこと。おばさんは数日前に届《とど》いた回覧板《かいらんばん》を回し忘《わす》れていたことに気づいた。ふだんはすぐ回すのだけれど、犬が来て、ご飯をあげたり寝《ね》どこの準備をしたり、庭で遊べるように整備したり、とてもいそがしくて後回しになっていたのだそうだ。

早く届《とど》けなきゃ、と思ったおばさんは、回覧板《かいらんばん》を確認《かくにん》した。ゴミの出し方の変更《へんこう》を知らせる紙と、市民ホールのイベントの案内だけだった。

おばさんはハンコをおして、となりの家、つまりぼくらの家に持っていこうとした。でも、そのたびに回覧板《かいらんばん》が手からすべり落ちてしまう。それでバッグに入れて、持っていこうとしたら、ろうかでつるっと転んで、左の足首をねんざしてしまったのだそうだ。

「だから家の外には行けないの。ゴミバケツも、出入りの酒屋さんにお願いして出してもらってね」

ああそうか。だから、ゴミバケツはちゃんと外に出ていたんだ。

「まあ、そうでしたか。何か買い物のお手伝いが必要ですか？　えんりょなくおっしゃってくださいね」

お母さんがいうと、おばさんは回覧板《かいらんばん》を指さした。

「買い物も酒屋さんにお願いしたの。だから間に合ってますが、これ、回すのおくれて、ごめいわくかけたんじゃないかと」

「あ、じゃあいただいて帰りますね。また何かあったらいつでもお電話ください」

お母さんが回覧板《かいらんばん》を持って立ち上がった。すると、回覧板《かいらんばん》はするっと手からはなれて、ゆかに落ちた。

「ぼくが持ってくー」

しっかりつかんだ。そしてろうかに出て、げんかんに向かったとき、

「あっ」

とつぜん、氷の上を歩いているみたいに、つるーんとすべって、背中《せなか》からゆかに落ちてしまった。

「いってえ」

「だいじょうぶ？」

リビングからお母さんとおばさんの声が同時に飛んでくる。

もしかして、この家を出たくないって、回覧板《かいらんばん》が自分で意思をしめしている？　そんなことってある？

次の日、ぼくは登校するとすぐ、白川祭月《しらかわさつき》をさがした。うちのクラスでは、何か、りくつで説明できないことが起きると、祭月に相談することが多いんだ。祭月の家は、雨佐木《うさぎ》神社の神主をやっている、ということと関係あるかもしれないし、ないかもしれない。

「あのさ」

ぼくは祭月に、日岡さんと回覧板《かいらんばん》のことを説明した。ぼくらも同じようにねんざしたらこまるから、あれ以上、ためすのはやめてしまったんだ。だから、回覧板《かいらんばん》はまだ日岡家のテーブルの上にある。

「回覧板《かいらんばん》が家を出たくないって、思ってるのかな」

そうぼくが聞くと、祭月は長いかみを手でさっとはらって、それから答えた。

「そうじゃないと思うな」

「え」

「家のご先祖さまのだれかがね、回覧板《かいらんばん》を回しちゃいけないって、じゃましているんだと思うよ」

「ご先祖さま……か。どうしたらいい？」

「わたしがその家に行ってもいいなら、何かわかるかもしれない」

「たのむよ！」

そんなわけで、放課後、祭月といっしょにぼくはまた日岡さんの家へ行った。おばさんはちょうど足首の湿布《しっぷ》をはりかえているところで、ぼくらを歓迎《かんげい》してくれた。

祭月は、おばさんにことわって、本だなをくまなく見た。そこは何も手がかりがなくて、次にゆか下の収納《しゅうのう》だなを調べ始めた。三十分くらいたって、とつぜん祭月が声を上げた。

「これだ！」

「え、何」

祭月は、引っ張り出したものをテーブルに広げた。黒い板のようなもの。

「回覧板《かいらんばん》みたいだね」

ぼくがいうと、祭月はうなずいた。

「本当に昔の回覧板《かいらんばん》みたい。紙があるもん。ほら、一九四四年の十月だって」

「そんな前から回覧板《かいらんばん》ってあったんだ！」

「一九四四年といえば、終戦の前の年ね」

と、おばさんが教えてくれた。

戦争のころの回覧板《かいらんばん》には、どんなことが書かれているんだろう。

紙を見たぼくとおばさんと祭月は、しばらくだまったまま、文字を追っていた。

それは、「狂犬病《きょうけん》に注意しましょう」という内容なんだけど、読んでいるうちに、ぼくは意味がわからなくなっていた。

「これって、どういうこと？　野犬をつかまえましょう、はわかるんだけど、飼い犬も献《けん》納《のう》してほしい、って何？　献納《けんのう》って差し出して納《おさ》めるってことだよね？　飼い犬も飼っちゃいけなくなったわけ？」

まさかと思いながらぼくがそう聞くと、おばさんがうなずいた。

「そう、戦争中はね、犬を飼っているのもぜいたくだっていわれたの」

「なんで？　血統書つきの犬ならまだわかるけど、ふつうの雑種の犬なら？」

「それもぜいたくなの。えさ代がかかるでしょ？　だから犬を飼ってると、お国にそむいていることになったのよ」

「えぇー？」

ぼくはまったく理解できなかったけれど、祭月は何度もうんうんとうなずいた。

「わかった。つまりご先祖さまは『回覧板《かいらんばん》を回すと、犬が連れていかれてしまう』って心配してるんだよ。おばさんが飼い始めたリリーさんに危険《きけん》がせまってる、って」

「ああーっ」

「なるほどぉ」

おばさんとぼくは同時に声を上げた。そういうことか。

もしかしたら一九四四年十月、日岡家のご先祖さまはこの回覧板《かいらんばん》をかくしたのかもしれない。回してしまったら、飼い犬を早く献納《けんのう》しなさい、と近所の家にうるさくいわれるから。それでも結局はさからえなくて、なくなく犬とお別れしたのかもしれない。

ぼくたちは、お墓参りに行くことにした。日岡家のお墓は、霊園《れいえん》ではなくて、自分の家の畑の一角にあるんだ。おばさんは足を引きずりながら、お墓をそうじした。祭月とぼくも手伝った。

祭月がいう。

「おばさん、ご先祖さまに説明してみてください」

「ありがとう」

おばさんはうなずいて、足を気にしながらお墓の前にしゃがんで、手を合わせた。

「ご先祖さま、ご心配ありがとうございます。戦争中とはちがって、今はもう、飼い犬が連れていかれるようなことはありません。だから、回覧板《かいらんばん》を回してもだいじょうぶなんです」

おばさんはていねいに説明した。

日岡家にもどってから、おばさんはおそるおそる回覧板《かいらんばん》を持ち上げて、げんかんまで行った。もうすべることはなかった。

「じゃあ、うちに持っていきますね」

ぼくは回覧板《かいらんばん》を受け取った。

後ろでリリーちゃんが、ワン！　とジャンプした。

「けん玉キング」久米正孝《くめまさたか》のはなし

自分でも信じられない。授業を聞いているうちに、悲しくなってなみだが出そうになるってさー。

キャラに合わねぇぇー、って友達にもいわれそう。正孝《まさたか》、そういうキャラじゃねーだろ？　みんなにツッコミを浴びそう。

だから、昼休み、給食を食べ終わったおれは、「用事ありますぅ」って顔して、先に自分のトレーを片《かた》づけて、急いで教室を出たんだ。いつもなら、給食のおかわりじゃんけんに参戦してるところだけども。

ろうかを歩いていると、ますます悲しくなった。だって、どの教室からもにぎやかな話し声とわらい声が聞こえてくるんだ。ろうかそのものはしーんとして、おれの足音以外、何も音がない。

どこへ行こうか、決めていなかった。ひとりぼっちになりたいとき、校舎のどこに行ったらいいのか知らない。図書室に通ってる女子、いるけど、おれは調べ学習以外で図書室行ったことないし。

あー、ほんとどうしたらいいんだよ。またなみだが出てきそうだ。

きっかけは三時間目の授業。「将来《しょうらい》のゆめ」の作文の発表があったんだ。おれはきのう三時間くらいつくえに向かって、結局二行しか書けなかった。

まだ決まっていません。
人にゆめを与《あた》えるような仕事につきたいです。

必死に書いた二行だけど、これ自体がうそだからな。よくスポーツ選手やアーティストが「ゆめを与《あた》えたい」「勇気を与《あた》えたい」っていってるからマネしただけ。本音をいうと、別に与《あた》えたくない。むしろ自分がもらいたいくらいだ。

だけどさ、そんなに苦しんだのはおれだけだったみたい。みんな、ちゃんと書いていた。

何人かが発表した。

「ゆめなんてねーよ」といっていた礼哉《れいや》は、「消防士になりたい」と書いていた。ずるくねえ？　さっき給食の配膳《はいぜん》を待ってる間に責めたんだ。「おまえ、ゆめなんかないっていってたろ。話がちがうじゃねーか」って。

そしたら礼哉はしれっというんだよ。「ゆめがない、なんて書いたら目立つだろ。こういうときは無難《ぶなん》にさ、親せきの仕事とか親の仕事とか、適当に書いときゃいいんだよ」だって。それで礼哉は、おじさんがやってる消防士って書いたんだってさ。

いちばんびっくりしたのは、星井静《ほしいしずか》の作文。将来《しょうらい》、作家になりたいらしい。毎日、ノートに今日のできごとや物語のアイデアを書きこんで、今から努力してるんだって。マジかよーっ、とさけびそうになって、口を手でおさえた。

作文の最後は、「努力してもゆめはかなうかわからないけれど、ゆめへの第一歩にはなるから」という言葉でしめくくっていたんだぜ。「さすが未来の作家！」と、みんながさわいでいた。

はぁぁ……。こういう同級生がいるとか、おれどうしたらいい？

なりたいものがない。

父ちゃんはセキュリティソフトを作る会社で働いてる。この職業はひみつが多いから、仕事のことはいっさい話せないそうで、家では会社のこと、何にもいわないんだ。だから、あこがれる要素も当然ナシ。

母ちゃんは医療《いりょう》事務の仕事をやってるけど、その病院の先生のうわさ話ばかり。医療《いりょう》事務自体がどういう仕事なのか聞いたことないよ。

おれはろうかをずんずん歩いて行った。理科室の次が工作室。図工はかなりすきなので、この教室に来るのはいつもわくわくする。となりが図工準備室。

あれ？　こんな部屋あったんだ。図工準備室のさらにおく、三階のろうかのいちばん北側にドアがある。

なんの部屋なのか、という表示がない。

おそるおそるドアを開けてみた。すると、そこはただの倉庫だったよ。テーブルといすもあるので、だれか先生がお昼ご飯を食べたりしているのかもな。

段《だん》ボールがたくさんあるんだけど、何が入ってるんだろう。部屋のおくまで行って、おれは、

「あ、すみません」

ハッとして、一歩しりぞいた。

人がいるなんて、思ってもみなかったんだ。校長先生くらいの年のおじさん。うちの学校の先生じゃないし、校務員さんでもない。

ああ、そうか。おれはすぐに気づいた。

たぶんこの人、雨佐木《うさぎ》池のいたずらで未来か過去から飛ばされてきたんじゃないかな。

小学生は、子どもたちと話したり教室へ行ったりするけど、おとなだとやることなくて、

ここに閉《と》じこもってたんじゃないかな。

「こんにちは。おれ、六年二組の久米《くめ》正孝っていいます」

あいさつすると、おじさんはうなずいた。

「わたしはね、卒業生なんだよ。だいぶ前のね。街田《まちだ》といいます」

「おじさんはここで何してたんですか？」

「わたしはずっと待ってたんだよ」

ずっと待ってた？　じゃあ、雨佐木池のいたずらとは関係なく、ここにいたってことかな。

「何を待ってたんですか？」

「わたしの跡《あと》をついでくれる人さ」

おれは、おじさんがけん玉を持っていることにようやく気づいた。おじさんは立ち上がって、けん玉をあやつりはじめた。

めちゃくちゃうまい。すごいスピードで、器になってる部分に玉をのせ、棒《ぼう》になっている部分に玉をさす。

「おじさんはけん玉名人？」

「けん玉キングって呼《よ》ばれたよ。このけん玉を受け取った者は、そうなる運命なのさ」

「へ、へえ」

なんだかしばいがかっている。

「君、やってみないか？」

「え」

「やりたいことがない、将来《しょうらい》のゆめがないってなやんでいるんだろう？」

どうしてそれを知ってるんだろう。

「日本一のけん玉の達人になればいい。なってくれ。わたしがはたせなかったゆめを、君がはたしてくれ」

ふうん、それもありかも。おれは「将来《しょうらい》のゆめ」の作文のことを思い出していた。「まだ決まっていません」じゃなく「けん玉日本一になりたい」と書くのは悪くない。

「でも、とちゅうでいやになっちゃうかも。おれ、根気がないから」

「根気がなくても、けん玉を持てば練習にはげめるさ。そこに君用のけん玉がある」

おじさんは、窓《まど》ぎわの段《だん》ボールを指さしながらそういった。

「もしけん玉と縁《えん》を切りたくなったら、またこの部屋に来て、段《だん》ボールにもどせばいい」

ふうん。まあいっか。やってみようか。どうせ、やりたいことなんて何もないんだし。

おれは、けん玉を受け取った。

「ありがとう」

おじさんはほほえんだ。


あれからおれは、すさまじい努力を始めた。登校時も下校時もけん玉をはなさず、歩きながら大皿、小皿、中皿へ玉をのせている。自分で積極的に努力してるんじゃなくて、けん玉を持っていると自動的に体が動いちゃうんだ。

あ、皿というのは、けん玉をのせる器の部分のこと。棒《ぼう》は「けん先」と呼《よ》ぶそうだよ。

そこにもぱっと玉をさせるようになった。

『赤いくつ』という童話を読んだことがある。くつをはいているかぎり、おどるのをやめられない、というストーリーだ。おれのけん玉もそういう感じだった。

そういえばあの街田という卒業生は本当にいて、けん玉名人だったんだそうだ。インターネットで調べたら名前が出てきたよ。街田達夫《たつお》。全国大会で準優勝《じゅんゆうしょう》したのが最高だった。

でも、その五年後に亡《な》くなっているんだって。

ふつうなら、ひー、ゆうれい！ っておどろくのかな。うちの学校はふしぎなことが多すぎるので、感覚がちょいマヒしてるかも。別におどろかないな。

おじさんは、けん玉の心残りがあって、あの部屋にいて、おれが跡継《あとつ》ぎを引き受けちゃったわけなんだな。

もうすぐ、全国大会があるらしく、おれはエントリー用紙を取りよせた。優勝《ゆうしょう》めざしてがんばらなきゃいけない。

けん玉を持つと、体が勝手に動いて練習せざるを得ないんだ。休みの日も、朝から晩《ばん》まで。ふだん、晩《ばん》ごはんが終わると、一時間ゲームをしていいというのがうちのルールなんだけど、その時間も、けん玉の練習、練習、練習。

おれは気がついた。やりたいことは何もないと思ってたけど、ゲームをやるのは楽しみだったんだなぁ。

けん玉の全国大会にエントリーして、もしかして上位に入賞しちゃったら、おれ、「けん玉少年」とかいわれて話題になって、もうやめることできないんじゃないかな？　やめるなら今のうち？　でも、あのおじさんががっかりしそうだよなあ。

エントリーの期限が来週の月曜日にせまってきたので、土曜日、おれは用紙に記入していた。ペンを持っている間も、けん玉をやらなきゃいけない気がして、右手にペン、左手にけん玉だよ。

そのとき、いとこのマキちゃんが遊びに来た。近くに住んでる高校生なんだ。うちの母ちゃんに絵を見せている。

「ねーねー、これ作ったの。おばさんとこのろうか、壁《かべ》が広いから、少しの間かざってくれる？　おしゃれに写真とりたいの」

その絵を見て、おれはびっくりした。なんだろう。ごわごわした手ざわり。

「何これ？」

「タマゴのからを使った、モザイクアートだよ。からに色をぬって、こなごなにくだいて、キャンバスに乗せていくんだよ」

お、おもしろそう！　おれは初めて「やってみたいー！」と思った。ふつうに絵をかくのも別にきらいじゃないけど、タマゴのからなんて、おもしろいもん。

おれはエントリー用紙をくるくるっと丸めた。もう出すのはやめた。

月曜日の放課後、図工準備室のおくの、あの部屋へまた行った。おじさんは背中《せなか》をまるめて、けん玉に熱中していた。

「あの……」

いいづらいけど、いった。

「すみません、おれ、もっとやりたいことができたので、けん玉を返します」

段《だん》ボールにけん玉を入れた。

おじさんは手を止めて、おれの顔を見た。イヤミをいわれたりおこられたりするのを覚悟《かくご》していたけれど、おじさんはニッとわらった。

「やりたいことが見つかってよかったな。おれも、親にヴァイオリンを強制されてな、そしたらけん玉がすごくやりたいってことに気づいたんだ」

「へえ」

「別にすきじゃないことでもいっしょうけんめいやると、本当にすきなものが見えてくるのかもしれないな」

「はい」

おじさんはそれきりもうしゃべらず、またけん玉を始めた。その顔がいきいきしている。ゆうれいなんだけど。

おれはぺこりと頭を下げて、部屋を出た。

あれ以来、おれはモザイクアートにすっかりハマっている。将来《しょうらい》のゆめはまだ見つからないけど、まあいいや。

「引き出し」 橘《たちばな》千《ち》亜《あ》希《き》のはなし

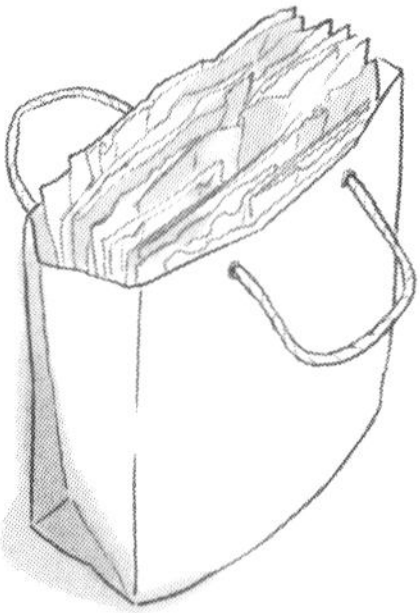

みんなの苦手なものって何?

わたしはね、プリントを持って帰るのが苦手。

先生が、朝の会や帰りの会のときに、プリントを配るでしょ?

「家に持って帰って、おうちの方に読んでもらってね」

そういわれるんだけど、ランドセルの中に入れられないんだよね。

六年生になってからも、お母さんにめちゃめちゃおこられたことがあったんだ。

うちの学校は家庭訪問《ほうもん》があって、でも五、六年は同じクラスで同じ先生だから、希望者だけなの。

そのお知らせのプリントが、朝の会で配られたんだよね。

来週までに、希望するかどうか家の人に聞いてきてくださいって。希望する人は、五月の都合のいい日時（それか都合の悪い日時）をプリントに書いて提出するの。

そのプリントを、家へ持って帰らなかったんだよね。

提出のしめきりがとっくに過ぎて、家庭訪問《ほうもん》が終わったころに、お母さんは、ＰＴＡの会議で「今年は家庭訪問《ほうもん》をやらないんですか？」って質問しちゃったの。それで、バレたというわけ。

どうしてプリントをわたせないの？

お母さんに聞かれた。ほかの人もふしぎに思ってるんだろうな。

えっとね。まずプリントを受け取ると、つくえの中にある引き出しにしまうでしょ？

うちの学校の引き出しは、青いプラスチック製。中に仕切りがあって、ノートと教科書とペンケースを置く場所があるの。わたしは、仕切りなんて関係なしに、てきとうにぐちゃっと置いてるけど。

放課後までに、何度も引き出しを開け閉《し》めしていると、いちばん上に置いてたプリントは、引き出しを乗り越《こ》えて、つくえのおくに行っちゃうの。そして、引き出しにおされて、くちゃくちゃになっちゃう。

プリントが見えなくなると、放課後、それを持って帰ることなんて、すっかり忘《わす》れちゃってる。だからランドセルに入れないいんだよね。

そんなふうなので、学期ごとの席がえのとき、大変なの。わたしのつくえのおくからは大量の紙くず、じゃなかった、くしゃくしゃのプリントが出てくるから。

二年生のとき、片《かた》づけるのがめんどうだなと思って、つくえのおくにそのくしゃくしゃのプリントたちを置いたまま、席がえしたの。

そしたら、次にすわった男子がこまって「せんせーい、つくえがとってもきたないんですけどっ」って相談しちゃった。

そのときの担任《たんにん》の青葉《あおば》先生は、「あらあら、そしたらこの紙ぶくろに全部入れて、お母さんにわたしましょうね」と、紙ぶくろをわたしてきたの。さすがにはずかしかったな。

そのくしゃくしゃプリントがいっぱいの紙ぶくろを、わたしはどうしていいかわからなかったんだよね。ひとつわかってたのは、持って帰ったらお母さんがおこるだろうな、ってこと。だから、帰りに公園のごみ箱に捨《す》てちゃった。

わたしって、一つのことならできるんだけど、二つ三つ重なるとできなくなるみたい。プリントを受け取ることもできるし、「プリントをバッグに入れてください」っていわれたらできる。

でも、受け取っていったんつくえの中に入れて、それを帰りにランドセルに入れて持って帰って、お母さんにわたす、っていうのは、とてつもなくゴールが遠いお仕事のように思えちゃう。

そういえば、はがきを書いて出すのも苦手。

はがきで応募《おうぼ》したらプレゼントをもらえる、という企画《きかく》を見かけて、やってみようと思ったことがあったの。

でも、まずはがきを手に入れて、文章を書いて、切手をはって、ポストに入れる、ってやること多すぎてムリ〜！　結局、応募《おうぼ》はあきらめちゃった。


「どうすればいいかなー」

この間、わたしは給食の時間、となりの席の秦《はた》くんに相談してみたんだ。

ちゃんとわたせるようにいいかげん努力しなきゃ！　って自分でも思ったから。

というのも、二学期の席がえの後、またつくえのおくが紙だらけになって、引き出しが入りきらずにはみ出すようになったんだよね。

引き出しをいったん出して、つくえのおくのくちゃくちゃなプリントをまとめて捨《す》てたけど……こんなこと続けてたら、中学生になってますますこまるよ！　と心配になってきたんだ。

となりの秦くんは、教科書を一度読んだら、全部頭に入っちゃうらしい。秀才《しゅうさい》？　天才？

相談を聞いた秦くんの答えはこうだった。

「毎日、帰る前に、引き出しをつくえから出して、つくえのおくをのぞいて確認《かくにん》したらいいんじゃね？」

あー、秦くんにちょっと期待しすぎた。そういう当たり前のことができないから、わたしはプリントを持って帰れないんだよね。

でも、その日は、帰りの会が終わった後で、秦くんが、

「引き出し引き出し」

っていうから、あ、と思い出してやってみたよ。この日はプリントを配られてないので、やるだけムダなんだけど、相談したんだから、いうとおりにしなくちゃね。

引き出しを出して、中のものをランドセルに移す。そして、空いたつくえの中をのぞく……あれ？　なんかある。

わたしは小さな紙のごみみたいなのを、手をのばしてつかんだ。

ごみじゃなかった。水色の折り紙のツルだった。ふつうサイズの折り紙を、たぶん四分の一に切った大きさだと思う。

「なんでこんなの入ってるんだろ」

そう思って秦くんを見たけど、秦くんは自分も帰りの準備をしていて、こっちを気にしていなかった。

次の日の帰りの会のとき、わたしはまた引き出しを取り出して、つくえのおくを見た。

あれれ？　また何か入ってる。

今度はむらさき色の折り紙で作ったカメだ！

もしかして明日も何か入ってるのかな？　引き出しを引っ張り出すのが楽しくなってくる。楽しいと忘《わす》れない。

次の日――。今度はオレンジ色の折り紙が入ってた。なんだかちょっとわかりにくいけど、たぶんペンギンだと思う！

そしてついでに、くしゃくしゃのプリントを見つけたよ。朝の会で配られたばかりのやつ。よかった。ペンギンとプリントをランドセルに入れた。

そして秦くんに話したの。ふしぎなことが起きてるんだって。

そしたら、秦くんがささやいてきた。

「もしかしてそれ、折り紙様かもしれない」

「え？　折り紙様？　何それ」

「何年か前、六年二組にいた子が、病気で入院して亡《な》くなったんだって」

「え……」

「その子、折り紙が得意で。もしかしてこのつくえを使ってたんじゃないかな？」

「ひょっとして、今までもつくえの中に毎日折り紙が届《とど》いてたけど、わたしが気がつかなかったのかな？」

「そうかも。これからはチェックしろよ？」

「わかった！」

それからわたし、毎日つくえのおくをチェックするようになって、二度とプリントを忘《わす》れなくなったんだ。

インターネットで調べてみたの。折り紙様のこと。でもぜんぜんわからなかった。先生に聞いてみたんだけど、知らないって。少なくとも、先生がこの学校に来てから、亡《な》くなった子はいないんだって。

まあいいや。この学校はなぞめいたことが、いっぱい起きるから。もう調べるのはやめよう。わたしのつくえの折り紙、自分だけのひみつにしておこう。

インコ、カマキリ、クジラ……折り紙コレクションはどんどんふえていく。

わたしも折り紙をやってみたくなったの。

ある日、本屋さんに行って、折り紙本コーナーをさがしてみた。

そうしたら……あれ？　秦くんがいる。わたし、とっさに本棚《ほんだな》のかげにかくれちゃった。

秦くんはお母さんに、

「また折り紙の本買うの？　こないだも買ったでしょ」

といわれて、

「いや、たくさん折らないといけないない事情があってさ」

だって。

折り紙が引き出しに入ってるのって、もしかして――？

#「侵入者《しんにゅうしゃ》」

藤木竜喜《ふじきりゅうき》のはなし

「あっ」

ぼくは恭弥《きょうや》をさがした。

恭弥は雨佐木池《うさぎいけ》の水面をながめていた。池のヌシが存在《そんざい》するんじゃないかと、いまだに考えているらしい。

「なあ、あそこ見て」

呼《よ》ぶと、恭弥はこっちにやってきた。

木立のおくに防空壕《ごう》の入口がある。立ち入り禁止のフェンスをうまくくぐりぬけて、男性二人組が入ろうとしていた。

「撮影《さつえい》してるみたいだな」

恭弥がいう。ぼくはうなずいた。

「スマホをかざしてるもんな」

たぶん、防空壕《ごう》の中を撮影《さつえい》しようとしているんじゃないかな。インターネットで配信する動画を撮《と》りに来たんだと思う。

日曜の朝七時。なんでぼくがそんな時間に、雨佐木池のほとりにいるかというと、恭弥の兄ちゃんが、つりをすると聞いたからだ。

ふだん、ひとりでは立ち入らないようにといわれている池のおくのほうを、おとなといっしょなら探検《たんけん》できる。あ、恭弥の兄ちゃんは大学二年生で二十歳《はたち》だから。

池のおくからハイキングコースへ向かう道の入口に防空壕《ごう》がある。

正直、ぼくも前から入ってみたかった。このあたりには戦争のときにつくられた防空壕《ごう》がいくつかあるんだけれど、ここはとりわけ大きくて長いといわれている。

入口は雑草におおわれていて、石ころが転がっているが、中は舗装《ほそう》されているという説がある。

戦時中、雨佐木池に一時期、爆弾《ばくだん》が置かれていた。それを運ぶために軍がトンネルを作ったそうで、そのトンネルがこの防空壕《ごう》じゃないかといううわさがある。

でも、立ち入り禁止だからたしかめようがない。地元に住んでいるぼくでさえ、入ったことない防空壕《ごう》に、あいつらは入ろうとしている。

もっとも、この二人組が初めてではなくて、前にもそういうやつらはいた。

自治会の人たちはおこっている。見つけたら追跡《ついせき》できるように、入口には懐中《かいちゅう》電灯の入った用具箱が設置された。

二人組も、当然、自分たちで懐中《かいちゅう》電灯を持ってきていて、今スイッチを入れている。

ひとりは体がでっかくて坊主《ぼうず》頭で、もうひとりはごくふつうの体型で少し猫背《ねこぜ》だ。年は恭弥の兄ちゃんの友弥《ともや》くんと同じくらいだろうか。猫背《ねこぜ》のほうがカメラマンで、でっかいほうがレポーター役をやってるみたいだった。

「おれ、兄ちゃんとこ行って、知らせてくる」

恭弥がささやいてきた。

「竜喜《りゅうき》も来る？」

「いや、ぼくはあいつらを見張ってる」

「オッケー」

恭弥は走って、池の桟橋《さんばし》のほうへ行った。

風が強くて木々がざわざわとゆれている。赤や黄色の葉っぱが、枝からはなれて舞《ま》い上がる。雲は分厚くて、午後から雨が降《ふ》る予報だった。

ぼくは防空壕《ごう》に近づいた。こんなそばまで来るのは初めてだ。

やつらは入っていった。暗やみのなかで懐中《かいちゅう》電灯のあかりがちらちら光る。

「外よりあったかい？　ほら穴《あな》ってあったかいのか」

「ひえー、なんかいませんかぁ？　気配を感じます」

「コウモリかな、トカゲかな」

「タヌキやアライグマのねぐらになってたらどうしよう？」

「イノシシだったら？」

「やべーじゃん、それ！　突撃《とつげき》されて死んじゃうかも」

「遺言《ゆいごん》をどうぞ」

「ぎゃはは」

はしゃいでいる声が聞こえる。

入口の左側に、高さ三十センチくらいの白い缶《かん》があるのを見つけた。

これか。自治会が設置した箱。開けると、でっかい懐中《かいちゅう》電灯が二本出てきた。一本を手に取る。

そのときだった。

「ぎゃ、何これ！」

「マジやべ」

「カメラ向けろよ」

「ム、ムリだろ、これマジムリ。ウァァァーッ」

悲鳴が防空壕《ごう》の中に反響《はんきょう》している。

ぼくは、懐中《かいちゅう》電灯をオンにした。強烈《きょうれつ》な光が放たれる。真っ暗な入口が、明るい部屋みたいになった。

「だいじょうぶですかぁ」

そういいながら、ぼくは進んだ。

「た、助けてくれ」

「今しゃべったやつも、ゆうれいなんじゃないのか？」

「そうかも、く、来るなーっ」

ゆうれいあつかいされるのは初めてだよ、と思いながら、おれはさらに進んだ。

間もなく見えてきた。腰《こし》をぬかして、地面におしりをついている人が二名いる。

その目の前には、五人、十人、いや、もっとたくさんいる。古ぼけた布地のモンペを着た女の人、それから年配の男の人。指をくわえている女の子——。

やっぱり防空壕《ごう》にはゆうれいがいるんだね、とぼくは思った。

異《こと》なる時代の人が雨佐木池のいたずらでときどきやってくるし、ゆうれいもたまに見かけたという話を聞くし、このあたりに住んでいると、別におどろくことではない。

でも、ふたりはおそらく都会から来たんだろう。

「こんにちは。だいじょうぶですか？」

ぼくがたずねても返事はなかった。ゆうれいにびっくりしすぎて、言葉を失っているんだろうな、と思いながら、懐中《かいちゅう》電灯のあかりをゆっくりと向けてみた。真正面だと、まぶしすぎるだろうから、壁《かべ》の上のほうを照らしながら見る。

ふたりは目を閉《と》じていた。

「く、来るなよぉ……」

と、ひとりがつぶやいたきり、何もしゃべらない。

「おーい、お待たせ！　竜喜いる？」

入口のほうから恭弥の声が聞こえる。その向こうからサイレンの音も聞こえてきた。

ぼくはどなった。

「いるよー。ふたりもここに」

恭弥は、自治会の箱に残っていたもうひとつの懐中電灯《かいちゅうでんとう》を使ったみたいで、明るい光が近づいてくる。

恭弥が現れた。

「ふたりは？」

「何もしゃべらない。気絶してるみたいだ。こわがってたから、起こしていいのかわからなくてさ」

「じゃあ救急隊の人にまかせよう。今、救急車が到着《とうちゃく》したよ。兄ちゃんが呼《よ》んだんだ」

「さすが。警察《けいさつ》じゃなくて、消防に連絡《れんらく》したんだ？」

「兄ちゃん、前にもここに侵入者《しんにゅうしゃ》が来たの、目撃《もくげき》したことあるんだって。中で気絶したっていうからさ」

そのときもゆうれいが出たのかな。考えているうちに友弥くんが現れ、続いて担架《たんか》を持った救急隊の人が現れた。

すばやい動きで、気絶しているふたりの呼吸《こきゅう》や脈を確認《かくにん》して、声をかけて、そして担架《たんか》に乗せた。

ひとりがぼくらにいった。

「君らも、いっしょに出てきなさい」

「はい」

恭弥と友哉くんが先に出ていく。

「すぐに行く。先に行ってて」

ぼくは恭弥にいった。

それからゆうれいたちのほうを向いた。いちばん前に立っているのは、ひざを曲げて腰《こし》を落とした年配のおじさんだ。木の棒《ぼう》をつえにしている。

「あの、戦争は終わりましたよ?」

ぼくは思ったのだ。ゆうれいたちはここにいるより、ちゃんと成仏《じょうぶつ》したほうがいいんじゃないか、って。もう防空壕《ごう》にかくれている必要はないんですよ、と教えてあげたかった。

「本当に戦争は終わったのかい？」

「はい」

「この世界に、本当に戦争はもうひとつもないのかい？」

「え」

返事ができなかった。だって今ここにはないけれど、世界のあちこちで戦争は起きている。たくさんの人が苦しんでいる。

「この世から戦争がすべてなくならないかぎり、我々《われわれ》は外に出ることはできないのだよ」

おじさんはいった。子どもはしゃがみこみ、おばさんはその子の頭をなでている。ふるえている男の子もいた。

ぼくはとっさにいった。

「じゃあ、ぼく、戦争をどうやったらなくせるか、考えますから」

深く考えたわけじゃなくて、でもそういわずにはいられなかった。

「戦争がすっかりなくなったら、またここに来て、教えますから」

すると、おじさんはうなずいた。

「たのむね」

そして、おじさんたちはすーっとおくへ歩いていって、すがたを消した。

ぼくは外に向かって歩き出した。

「おーい、竜喜」

入口から恭弥が呼《よ》んでいる。

「おそいから、どうしたかと思ったよ」

「ゆうれいとしゃべってたんだ」

「あ、やっぱりゆうれい、いるんだ」

「うん」

「あのふたりは救急車で病院に向かったよ。うっすら目を開けたんだけど、救急隊員さんに話しかけられたら『ここ、どこですか？』って」

「こわすぎて記憶《きおく》が消えたのかな」

ゆうれいはまぼろしだったと思うのかもしれないな。

でもぼくはわかっている。あの人たちはまぼろしじゃない。

どうやったら世界から戦争をなくせるのか、ぼくはこれから勉強していかなくては。

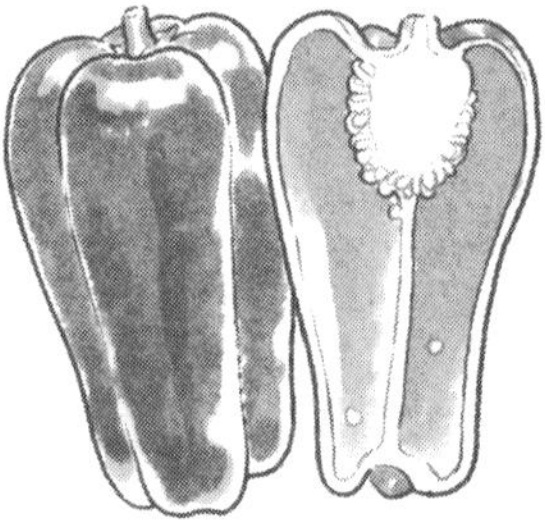

「ピーマンの家」 大清水円加《おおしみずまどか》のはなし

九月の三連休、今日はまんなかの日。オムライスを作っていた兄ちゃんが、ポイ、とピーマンを投げてきた。ヘタの部分が切り取られていて、種がむき出しになっている。

「種が茶色に変わってる。ピーマンに虫が入ってるかもしれないから、確認《かくにん》して片《かた》づけといて」

「ピーマンに虫が入ってるなんて聞いたことないよー」

「どっちにしろ片《かた》づけといて」

「ギャラは？」

「百円」

「オッケー」

兄ちゃんは料理がすき、あたしは虫がすき……ってほどじゃないけどキライではない。男女があべこべじゃない？　と親せきのおばちゃんはおどろくけれど、何年か前、お父さんがお説教してきたのがきっかけだ。

「おまえら生意気いってるけどな、達明《たつあき》はメシづくりを全部母さんにまかせて自分じゃなーんにもできないし、円加《まどか》は家にカメムシ一ぴき出たくらいで、きゃあきゃあさわいで、おれの助けを求めて、おまえら半人前なんだからな！」

そのとき、反抗期《はんこうき》だった兄ちゃんと、反抗期《はんこうき》の前ぶれが来ていたあたしは団結して対抗《たいこう》することにした。

兄ちゃんは料理ずきに、あたしは虫ずきになってやろうって。

そしてあたしたちは、りっぱにやりとげた。あたしは最初、虫がどっちかっていうと苦手だったけど、図鑑《ずかん》をむりやり毎日見るところから始めた。名前を覚えたら、実物を見たくなってきて、近所の空き地で虫探《さが》しをするようになった。

そんなわけで今日、虫の入っているかもしれないピーマンは、あたしにあずけられたのだ。

ピーマンの種は白っぽいけれど、たしかにこれは茶色になっている。でも、ピーマンそのものには、虫食いのあとも穴《あな》もない。

ただ古くなって傷《いた》んでるだけじゃない？

あたしは居間にいたんだけど、台所に行って、包丁でピーマンを二つに切った。

そして種をむしりとって、野菜ごみのかごに入れた。

「虫、いなかったよ」

そう報告した次のしゅんかん、

「あ」

捨《す》てた種の陰《かげ》から、何かが顔を出した。イモムシだ。

「よく生きてたな！」

思わず大声を上げてしまって、兄ちゃんに、

「何かいたなら、だまって片《かた》づけてくださーい。オムライスができないっつの」

と、さとされた。

あたしは再生プラスチックを入れるごみ箱をチェックした。プラスチックのパックがあったので取り出してあらった。とうふが入っていたやつだ。

そこに、ピーマンの種と虫を入れた。

「はー、なかなかきれい」

イモムシは、おなかのほうが黄緑、背中《せなか》があわいむらさき色だ。

ピーマンを包丁で真っ二つに切ったのに、生き延《の》びてるなんてすごい。

兄ちゃんはあたしがこれをビニールぶくろに入れて捨《す》ててくれたらいいと思っているみたいだけれど、もったいない。

「あたし、この子育てるね」

といったら、

「育てるって、えさはどうすんだよ」

と、顔をしかめている。兄ちゃん、昔は虫ずきだったけれど、小学高学年以降《いこう》、苦手になってきたらしい。

「ピーマンの種食べて育ってたんだから、ピーマンの種あげればいいんだよ！」

当然のことでしょーっ、と思いながらそうツッコんだ。


あたしのピー太郎《たろう》は、とうふのケースの中で毎日元気にご飯を食べるようになった。

ピー太郎というのは、桃太郎《ももたろう》にあやかってつけた名前。桃《もも》を割《わ》ったら入ってた桃太郎《ももたろう》と、ピーマンを切ったら入っていたピー太郎はにているから。

正式な名前は「タバコガ」だ。つまりガの一種。家にある昆虫図鑑《こんちゅうずかん》には出ていなくて、図書室のイモムシの本を調べて知った。

害虫らしい。ピーマンやトマトなどを食べるから。

でも、ピーマンの種は食べていたけれど、外側の、人間が食べるピーマンの実の部分はいっさいやられてなかった。

虫に「謙虚《けんきょ》」という言葉が合わないのはわかっているけれど、あたしはピー太郎が、すごく人間に気をつかうやつに思えてならないのだ。

ピー太郎が、何も食べなくなった。うろうろと歩き回っている。

「あ！」

あたしは気づいた。そろそろサナギになるつもりじゃないだろうか。

イモムシにはいろんなタイプがある。植物のクキにつかまってサナギになるものや、土のなかに入らないとサナギになれないもの……。調べて気がついた。ピー太郎には土が必要みたい！

あたしは庭から土を取ってきた。虫取り用のプラスチックケースに入れたら、深さ三センチくらいにしかならなかった。だいじょうぶかな？

とうふのケースからピー太郎を移してみた。すると、いっしゅんのうちに土の中へもぐっていった。

よかった！

それから十三日後、プラスチックケースをのぞいてみたら、

「やったぁ！」

茶色いガがいる。ピー太郎が無事にサナギから羽化したのだ。

あたしは兄ちゃんに見せに行って、

「見せなくていい」

といわれ、お母さんに見せに行って、

「あー、見なくてだいじょうぶです」

とことわられた。

それで、スマホで写真をたくさんとってから、庭のアジサイの葉っぱにはなした。しばらくそこで休んでいたけれど、やがてピー太郎は羽をぷるぷるふるわせてから、飛んで行った。

どこかで仲間に出会えるといいよね！

次の日、学校でその話をした。

「よく育てたね」

「ピー太郎は円加に出会ってラッキーだったね」

由来奈《ゆきな》と名由香《なゆか》がそういってくれたんだけど、竜喜《りゅうき》がいった。

「そういうのヤバいんじゃね？」

「え」

「よそから来た虫を、ここではなすと生態系《せいたいけい》がくずれるだろ？　よその虫は責任もって自分ちの虫かごで一生を終えさせないと」

「えーっ、知らないよ。だってあたしがよそから連れてきたんじゃなくて、ピーマンに勝手に入ってたんだもーん」

そういったのだけれど、竜喜はゆずらない。

「いや、ヤバいと思う」

さらに秦《はた》くんまで入ってきて、

「たしかに生態系《せいたいけい》のことを考えるとさ。まあ、一ぴきだけだったらだいじょうぶだろうけども」

と、いってきた。

あたしは、ピーマンの中の虫を救ってあげた「美談」だと思っていて、みんなにもほめられると信じていた。

なのに、やってはいけないことだったなんて。今まで近所の虫ばっかり観察してきたから、こういう問題は起きなかったのだ。

あーあ、もうスーパーの野菜に虫がついてても、助けるのやめよう。

そう思いながらうちに帰って、空になったプラスチックケースをそうじしようと持ち上げたときだった。空いているふたの内側に、あれ？　虫がいる。

ガだ。きのう見たばっかりのやつ。タバコガだ！

ケースの内側にとまって、じっとしている。

「君、ピー太郎だよね？　別の子じゃないよね？」

そう聞くと、かすかに羽をふるわせている。

このへんをぐるっと回って、仲間がいなかったからもどってきたのかな？　飛びつかれたのかな？

ケガでもしているのかと思ったけれど、羽も脚《あし》も特に問題ないようだ。

もしかして……あたしが学校で責められたのを知って、もどってきてくれたのかな？

自分が生態系《せいたいけい》をこわさないように、プラスチックケースで過ごそうと思ってくれたのかな？

なぞは解けないけれど、あたしはもちろんそうじするのをやめて、自分の部屋の窓辺《まどべ》にケースを置いた。

もし、明日の朝になっても、ピー太郎がケースの中にいたら、学校に持って行ってみよう。それで竜喜や秦くんたちに見せるんだ。

「池の底」

白川祭月《しらかわさつき》のはなし

何か不安なこと、ふしぎなことが起きると、わたしに相談するクラスメイトが多い。別にわたしは占い師《うらない し》ではないんだけれども。

雨佐木池《うさぎ》から百メートルくらいのところにある雨佐木神社。そこがわたしの家で、神主はお父さん。

だからかな、わたしにもふつうではないチカラが宿っている、とみんな思っている。

実際、わたしには少しだけ、チカラが宿っている気はする。

なんか「ワカル」ことが多い。

国語や算数の問題が「わかる」のとは別の感覚なので、わたしはカタカナで「ワカル」って表現したい。

頭のなかにピピーンとすじが通るような感覚がときどきあるんだよね。今、答えが脳《のう》に届《とど》きました、っていうような。

それが、ワカル。

そんなわたしのチカラをたよって、今日はたくさんの人が相談に来た。

「ねえ、祭月《さつき》さん、だいじょうぶかな？」

「雨佐木池が心配なんだけど、どう思う？」

休み時間、昼休み、放課後。クラスのみんなが声をかけてきたよ。

だいじょうぶ、っていってあげたいけど、今はまだその答えが届《とど》かない。だいじょうぶかどうかわからないし、わたしも雨佐木池のことが心配なんだ。

「そうだねえ」

あいまいに答えた。

何が起きたかというと——。

テレビ局が、雨佐木池の調査をして放送したいって、うちの市に依頼《いらい》してきたんだよ。池の水を一メートルくらいの深さまでへらして、どんな生物がいるか調べたり、何か池に落ちている「お宝《たから》」はないか、確認《かくにん》するんだって。

生物学者さんもいっしょに参加するまじめな企画《きかく》だから安心です、ってテレビ局の人はいったらしい。

でも、水をへらす間に、いっしょに連れていかれちゃう生きものもいるよね？　藻《も》がいっぱい生えているけど、それも死んじゃうかもしれないよね？

雨佐木池のいかりを買ったら、後がこわいんじゃないかな？　みんなが心配するのはわかる。

市はオッケーしちゃった。

そうだよね。市役所の人もテレビ局の人も、この池にひみつがあるって知らないもんね。

雨佐木池がぴかっと光ると、別の時代とつながって、人が行き来できちゃう——。これは、このへんの人しか知らないからね。

「だいじょうぶかな、雨佐木池。水をぬかれておこらないかな」

「何か、たたりがあったらどうしよう」

放課後、千亜希《ちあき》さんと静《しずか》さんが話している。

たたり……あるのかな。


家に帰ったわたしは、お父さんをさがしに行った。お父さんは神社にある社務所《しゃむしょ》という場所にいた。神社の管理や事務をするところだ。

「ねえ、お父さん、池のことなんだけど」

心配事を話してみた。するとお父さんは、

「もしかしたら池は、こういう日のために準備していたのかもしれない」

と、ふしぎなことをいいながら、たなにならんでいたノートをどさっと取り出して、めくり始めた。古いノートは黄ばんでいる。

「これは父さんの父さんやじいさん、ひいじいさん、代々の神主が書いてきた日記だよ。これを読むと雨佐木池が人間にいたずらをしかけるようになったのは意外と最近で、戦争が終わってからだということがわかる」

「そうなの？」

もともと田んぼ用のため池だった雨佐木池は、戦時中に水をぬかれて、山の向こうにある軍事工場の備品置き場になっていた。そのとき、水中のたくさんの生物が死ぬことになってしまった。

「これはあくまで父さんの推理《すいり》なんだが」

と、お父さんは話し続けた。

雨佐木池はそのことを後悔《こうかい》して、今度同じことが起きたら、池の生きものをほかの時代へ一時的にタイムスリップさせることを思いついた。その練習のために、人間をときどき別の時代へ連れていくようになったのではないか――。

わたしは神社の境内をぬけて、雨佐木池に出た。
風がふいていて、水面にさわさわと波紋《はもん》が広がる。
濃《こ》い緑色の水の中はほとんど見えなくて、水面に近い生きものだけ、確認《かくにん》できる。
白いコイとオレンジ色のコイが、ならんでゆらゆら泳いでいるのが見えた。
風がやんだ。一枚《まい》の緑色のガラスのような水面を、わたしは見つめた。
だいじょうぶですか？　雨佐木池さん。池を荒《あ》らす人が来るみたいです。
しんとした空間に声がひびいてきた。
だいじょうぶだよ。
わたしは顔を上げた。
また風がふき出して、水面がざわざわゆれている。
わたしの脳《のう》がいう。
ワカル。
今の声……雨佐木池だ。

池がそういうなら、だれかが取材に来ても、水をぬかれても、心配しなくてだいじょうぶなはず。

安心していいよ、ってみんなにいおう。

いきなりロケをやるんじゃなくて、下調べがあるらしい。

来週から冬休みが始まる、というときに、テレビ番組のスタッフたちがやってきた。まだ水はぬかないけれど、水質調査をするんだって。

せっかくだから特別授業をやりましょう。

校長先生の発案で、六年生は全員、池のほとりに行って調査を見学することになったんだ。

「祭月、ほんとにだいじょうぶなんだよな？」

「おれ心配だよ」

礼哉《れいや》さんと恭弥《きょうや》さんがささやいてくる。

前にふたりは池のヌシの足跡《あしあと》を見た！　とさわいでいた。結局、イノシシだったらしいんだけど、やっぱりヌシかもしれないとまだ思っているみたい。

池に網《あみ》が投げこまれた。そして引き上げられる。池のなかにいた生物は、バケツに入れるんだって。大きな青いバケツが用意されている。

でも、そこに流しこんでいる様子がない。

スタッフさんたちはつったっている。網《あみ》を見ながら、首をかしげていた。

「なんか様子が変じゃね？」

旺介《おうすけ》さん、声が大きいよ。スタッフさんが数人、ふり返ってこっちを見た。

「見に行こうぜ、祭月。あそこに校長先生と雪谷《ゆきたに》先生がいる」

俊明《としあき》さんがそういいながら歩き出す。みんな、当然のように道を空ける。俊明さんってそういう人なんだ。クラスの中心人物で、頭がいい！　と思われている。ふだんならわたしは道を空ける側。でも、今は「ワカル」わたしもたよりにされているようなので、ついていった。

スタッフたちは、もう一度、網《あみ》を投げる準備をしている。ジャマにならないところまで行って、わたしたちは立ち止まった。

会話が聞こえてくる。

「たしかにまあ冬だけどさ。生きものがまったくいないってふしぎだよな」

「もう一度投げてみましょうか。今度はもっと深く池の底近くまで網《あみ》が届《とど》くように」

海の漁で使うような大きな網《あみ》を、五人がかりでもう一度投げ入れる。

池のなかのコイが何びきもひっかかりそうだし、藻《も》もくっつきそう。

なのに、ふたたび引き上げられた網《あみ》には、何ひとつ生きものは入っていなかった。

「ここは死の池なんですかね？」

スタッフのひとりがおこったような口調できく。校長先生は、まるでミスをした子どもをかばうような口調で、

「いやー、季節が悪いんでしょうか。ふだん、生きものはたくさんおりますよ。トンボやらチョウやらも見ますし、アメンボもねえ。ここんとこ寒いからですかねえ」

「水を調べてみましょう。簡易《かんい》の顕微鏡《けんびきょう》を持ってきてるんで」

別のスタッフの人が、水をシャーレにのせて、その顕微鏡《けんびきょう》でのぞく。

「あれ？　プランクトンも何もいない」

「やっぱり死んでるんですよ、この池は」

「寒くなって、一気に死滅《しめつ》したんじゃないですかね？」

そんな会話を聞きながら、わたしは俊明さんと顔を見合わせた。おたがい同じことを考えているな、とわかった。声を出さないようにしてわらった。

きっとね、お父さんの推理《すいり》どおり。雨佐木池は生きものたちをみんな避難《ひなん》させたんだよ。別の時代に。過去なのか未来なのか、どこかへ。

だからこの池は今、空っぽなんだ。

でもそれを、スタッフさんに説明すること、できないしね。いったって信じない。逆に、おもしろがってそっちを番組にしたいっていわれてもこまっちゃう。

「生きものがまったくいないんじゃや、映像的《えいぞうてき》にムリなんでねー」

スタッフさんたちはしばらく話し合って、

「準備段階《だんかい》でわかってよかった」

「別のところにしましょう。もっと見ばえのいい池、あったから」

そんなことをいいながら、網《あみ》やほかの道具を片《かた》づけて、帰っていった。

クラスのみんなはにやにやしている。おかげで午前中の授業が二時間つぶれたもんね。

「はーい、教室にもどりますよぅ」

雪谷先生がいってるけど、もうすぐ給食の時間だし。

わたしたちが背《せ》を向けたしゅんかん、池がぴかりと光った気がした。


放課後、わたしたち六年二組は、先生の許可をもらって、学校帰りに雨佐木池へ行った。

わたしは家が近いからいったん帰宅《きたく》してからでもよかったんだけど。

池をのぞきこんで、文乃《あやの》さんがさけんだ。

「いる！　コイが泳いでる」

「えっ、マジ！」

「本当だっ」

みんながのぞきこんだ。

「やっぱりな」

俊明さんが話しかけてきたよ。わたしはうなずいた。

「だよね。生きものはどの時代に行ってたんだろうね。ほかの時代の生きものと交流したのかな」

おとなになったら、わたしたちはこの場所をはなれていくのかもしれない。でも、雨佐木池はこれからも変わらずにここにあって、ときどきいたずら、というか練習をしているんだろうな。遠くに住んでも、きっとそれを思い出すんだろうな。

わたしはすぐ近くを泳いでいく白いコイに手をふった。

吉野万理子　作
よしの・まりこ
作家、脚本家。2005年『秋の大三角』で第1回新潮エンターテインメント新人賞、『劇団6年2組』で第29回、『ひみつの校庭』で第32回うつのみやこども賞、脚本ではラジオドラマ『73年前の紙風船』で第73回文化庁芸術祭優秀賞を受賞。その他、「短編小学校　5年1組」シリーズ、「チーム」シリーズ、『いい人ランキング』『部長会議はじまります』『雨女とホームラン』『100年見つめてきました』など著書多数。

丹地陽子　絵
たんじ・ようこ
イラストレーター。三重県生まれ。東京藝術大学美術学部デザイン科卒。書籍や雑誌の装画や挿絵、広告のイラスト等で活躍中。装画・挿絵を手がけた主な作品に『ポプラキミノベル　いまをいきる』『つくしちゃんとおねえちゃん』『卒業旅行』『あの花火は消えない』「大草原の小さな家」シリーズなど多数。

短編小学校《たんぺんしょうがっこう》5
6年《ねん》2組《くみ》なぞめいて
2024年 6月 4日　第1刷発行

作　者　吉野万理子
画　家　丹地陽子
発行者　吉川廣通
発行所　株式会社静山社
〒102-0073　東京都千代田区九段北 1-15-15
電話 03-5210-7221
https://www.sayzansha.com
印刷・製本　中央精版印刷株式会社
装　丁　城所潤（ジュン・キドコロ・デザイン）
編　集　荻原華林

ISBN978-4-86389-810-3

短編小学校シリーズ

5年1組ひみつだよ
5年2組ふしぎだね
5年3組びっくりだ

吉野万理子 作
佐藤真紀子 絵

「短編小学校」はあるクラスの子どもたちを主人公にした短編集。ページをめくれば、まるでとなりの席の子とないしょ話をするような、新感覚の読書時間が始まります。

雨女とホームラン

吉野万理子 作
嶽まいこ 絵

野球少年の竜広は、朝の占いに一喜一憂。となりの席の里桜も占い好きと知って盛り上がるが、ある日、転校生に雨女疑惑がもちあがり…。今日の運勢がいいひともそうでないひとも、ちょっと考えてみてほしい、あるクラスの物語。